失せ物屋お百

首なしの怪

廣嶋玲子

ポプラ文庫

失せ物屋お百

首なしの怪

廣嶋玲子

プロローグ

化け物長屋。

江戸にあまたある長屋の中でも、すこぶる評判の悪い長屋である。その物騒な呼び名のとおり、住んでいるのはいわくつきの変人、奇人ばかり。なにしろ、大家からして、あだ名が女閻魔《えんま》なのだから、これはもう普通であるわけがない。

そんな長屋の住人に、お百《ひゃく》という女がいる。

まもなく二十九歳になろうという大年増《おおどしま》。そこそこの美人だが、目つきがきつく、気性はもっときつい。そして、その左目は青く、見えぬはずのものを見る。まあ、化け物長屋に暮らすには十分すぎるほど条件の整った女なのだ。

お百自身、今はすっかり居直っていて、左目の力を使って、「失せ物屋」などというものを営んでいる。

さて、そんなお百のもとに、ちゃっかり居ついたものがいた。化け狸の子、焦茶《こげちゃ》丸《まる》だ。とある山神《やまがみ》の家来であり、お百の目に宿る山神の鱗を手に入れるまで、山には戻らぬという。

最初は激しく嫌がっていたお百だが、焦茶丸はくるくると家事をこなしてくれるし、なにより作る飯がうまい。

これはしばらく置いてやってもいい。

そう思うようになっていった。

ただ、しばしば後悔にも見舞われた。「こんな口うるさい糞狸、居ついてもいいなんて言うんじゃなかった」と。

一

年が明けて、新年気分もだいぶ抜けてきた。だが、化け物長屋のお百の部屋では、今日も朝から焦茶丸が文句を言っていた。

「お百さん。お百さんってば。そろそろ起きてください。とっくに正月は終わったっていうのに、いつまで寝正月するつもりです？　ぐうたらが過ぎると、そのうちまん丸の満月さんみたいに肥えちまいますよ？」

炬燵《こたつ》に入ったまま動かないお百を、焦茶丸はぐらぐらと揺さぶった。もとの姿は子狸だが、今はぽっちゃりとした八歳ほどの男の子に化けている。だが、その尻からは丸っこいしっぽがのぞいている。

一方、お百は焦茶丸を力なく睨みつけた。

「うるさいねえ。こっちは病人でもないってのに、ずっと雑炊《ぞうすい》と粥ばっかり食わされて、まるきり力が出ないんだよ」

「自業自得です。あんな無駄遣いしちゃったんだから。まだ当分続くと思ってくださ い」

「あんた、地獄の獄卒《ごくそつ》かい？　ああ、普通の飯と味噌汁、あと卵焼きが食べたいねぇ。あと、酒。酒がほしいぃぃ」

「だったら、外に出て、仕事を見つけてきてください。ちょっとでも稼いでこられたら、握り飯くらいはこしらえてあげますから」

「……寒いから、外出たくない」

「むきぃぃぃ！　そんなこと言ってたら、いつまで経っても千両箱はいっぱいになりませんよ！」

「あんた、ほんとうるさいよ。だいたい、なんだよ。稼いでこい稼いでこいって、口を開けばそればっかり。あたしゃ、どこぞの甲斐性なしの亭主かい？　女房なんてもらった覚えはないんだがね」

嫌味たっぷりに言うお百を、今度は焦茶丸が睨みつけた。

「千両箱がいっぱいになるまで、鱗は返さないって言ったのは、どこの誰ですか！　鱗を返してくれるなら、こっちはたっぷり砂金を渡すと言ってるのに、意地張っちゃって。変なところで頑固なんだから、もう！」

「そうは言うがね、あんた、ちょいと考えてもごらんよ」

お百は炬燵から身を起こし、黒い眼帯をつけた左目を指でつついてみせた。

「こいつのおかげで親に売られ、化け物と呼ばれてきたんだよ？　なのに、その理由ときたらなんだい。女にだらしない山神様と、その女房の女神様の夫婦喧嘩のせいだというじゃないか」

「…………」

「喧嘩でばらまかれた山神の鱗の一枚が、運悪くあたしの左目に宿っちまったって？　そんなくだらないことで、あたしは辛酸をなめてきたって？　はっ！　それを聞いたら、はいそうですか、お返しします、なんて、口が裂けても言えないね」

「……まあ、気持ちはわかりますけどね」

それについては、焦茶丸も反論しなかった。だが、だからといって、黙ってもいられない。

左目の力で千両稼いだら、鱗は返してやる。

お百はそう約束したのだ。焦茶丸としては、お百にどんどん「失せ物屋」の仕事をしてもらいたい。

「できれば、今年中にお百さんの鱗を返してもらって……そうすれば、来年も主様ははりきってお神楽を踊ってくださるだろうし、お山の実りも豊かになるんだけどなぁ」

「はん！　年が明けたばかりだってのに、もう来年のことを考えてるたぁ、気が早いねぇ。来年のことを話すと鬼が笑うって言うけど、あんたの場合は何が笑うんだろね？」

「……鬼より怖いお百さんが笑うんじゃないですか？」

「おや、あんたにしちゃうまいこと言うじゃないか」

げらげら笑うお百を、焦茶丸は今度は猫撫で声で説き伏せにかかった。

「ね、お百さん。今日、もし外に出て、お客さんを見つけてこられたら、ひさしぶりにお酒を一本つけますよ。田楽《でんがく》も作ってあげます。甘辛い味噌をつけてあぶったこんにゃく、好きでしょ？」

「ん～？」

「そうだ。里芋も煮てあげます。ころころおいしいやつ」

「ん～、そいつぁなかなかそそられるねぇ。……あんた、ちょいとこっちにおいで」

「なんですか？」

素直に近づいた焦茶丸の着物の股ぐらに、ずぼっと、お百は手を突っこんだ。いきなりのことに、焦茶丸は「ぎゃんっ！」と悲鳴をあげた。

「なななななっ！」

「おっと、動くんじゃないよ。うっかり握りつぶしでもしたら、どうすんだい。どれどれ。……ふうん。女みたいな手練手管《てれんてくだ》を使うから、もしやと思ったんだけど、やっぱりついてはいるんだね。それにしても……狸だっていうから、さぞご立派な袋をぶらさげてるかと思ったんだけど、おまえはそうでもないんだね。なんだい。引っぱったら、八畳くらい広がるのかね？」

「うわあああっ！　ひ、ひどい！　馬鹿ぁぁぁぁっ！」

わんわん泣きながら、焦茶丸は外に飛びだしていってしまった。それでも感心なことに、しっぽはちゃんと消して出ていった。

ちょっとやりすぎたかと、お百は舌を出した。

まあ、しばらくすれば戻ってくるだろうが、さっきの腹いせにと、さらに薄い粥を連日出してくるかもしれない。そうならないよう、今日は少しやる気のあるところを見せておこうか。

そんなことを炬燵の中で考えていた時だ。からりと戸を開けて、男が一人、入ってきた。

四十がらみの大きな男だった。動きはのっそりと鈍く、まるで牛のようだ。目は閉じているかのように細く、そのせいで顔が妙にのっぺりとして見える。

一目見るなり、お百は口をへの字にした。

「なんだい。あんたかい、左近次《さこんじ》」

「……お百、邪魔する」

男の声はささやきに近かった。すうっと空気に溶けこんでしまうような薄っぺらさだ。大きな体に不釣り合いなささやき声。なんとも言えない不気味さがあり、だいたいの人間はひるむことだろう。

だが、お百は苦笑いしただけだった。

「あいかわらず生気のない声でしゃべるね。まるで幽霊みたいだ」

「……これが地声だ。しかたない」

ささやく男は、人形師左近次。人間そっくりの人形を作ることで知られており、文字どおり人形に身も心も捧げた職人だ。人形作りのためとあれば、墓を暴き、死人の骨や皮や髪を盗むことも平気でしでかす。魂のありようが他者とは激しくずれているのだ。

そのずれたところを、化け物長屋の大家に認められ、ここに住むことを許されている。つまり、お百のご近所さんというわけだ。

ともかく、左近次の顔を見るなり、お百は「何かあるな」とぴんときた。長屋の住人達はほとんど付き合いがない。お互いを訪ねるのは、困ったこと、頼みごとがある時だけと決まっているのだ。

はたして、左近次は憂鬱そうな声でささやいてきた。

「……頼みがある」

「ふん。そんなこったろうと思ったよ。で？　頼みを聞いたら、金はくれるのかい？」

「……ああ、ちゃんと払う。……俺の人形が盗まれた。見つけて、取り戻してほしい」

「あんたの人形が？」

ぎくりとするお百を、左近次はまっすぐ見つめてきた。いつもは表情がほとんどない顔に、今はうっすらと不安と焦りがにじみでていた。

「……盗まれたのは、このひと月の間だと思う。ひと月、俺は留守にしていて……そこを狙われたらしい。帰ってきてみたら、人形がなかった」

「それじゃ、もしかしてひと月も前かもしれないって？　……そりゃあんた、まずくないかい？」

「……わかっている。だから、おまえに頼むんだ。……見つけてくれ。そうしたら、一両払う」

「二両だ」

お百はきっぱり言った。

「……高すぎる」

「あたしはね、はっきり決めてんだよ。普通の失せ物は一分、失せ人は一両、そしてろくでもない面倒な代物は二両ってね。あんたの人形は、どう考えたってとんでもないものだろ？　見つけるのはともかく、取り返すのは骨が折れるだろうよ。あんなろくでもないものを盗むなんて、いかれたやつの仕業に決まってるからね」

「お、お、俺の人形を馬鹿にするなぁぁ！」

突然、左近次は目をかっと見開き、お百に躍りかかった。赤子の頭をひねりつぶせそうな大きな手が、お百の細い首をぐいっとつかむ。

しまったと、お百はあがいたが、圧倒的な力にねじ伏せられ、なすすべがなかった。

だが、喉をつぶされそうになったまさにその時だ。泣きはらした顔をして、焦茶丸が戻ってきたのだ。

部屋の中の光景に一瞬固まったものの、焦茶丸はすぐに我に返った。

「お、お百さんに何するんだ！」

悲鳴のような声をあげ、焦茶丸は左近次の手にむしゃぶりついた。

ここで、左近次はぱっとお百の首から手を離した。そのまま土間に飛びおり、大きな体をかわいそうなほど縮めながら土下座した。

「す、すまない。つい……我を忘れてしまって……」

「ごほっ！　いや、い、いいさ。あ、あたしも、うっかりしてた。あんたの前で、あ、あんたの人形のことを悪く言う、なんて、ね」

痛む喉をさすりながらも、お百は人形師を見返した。

「人形は捜してあげるよ。そのかわり、ごほっ、うんとお代ははずんでもらうからね。この喉の分も含めてね」

「……わかった」

「よし。それならやる気が出るって、も、もんだ。ああ、焦茶丸。も、もう大丈夫だよ。ごほっ！　だから、その出刃《でば》をおろしなって」

いつの間にか出刃包丁を握りしめている焦茶丸をなだめたあと、お百はもう一度人形師に目を向けた。

「それで、盗まれた人形はどんなのだい？」

「……若い男の人形だ。名前はまだない。だから……どんなやつにでもなれる。

……とても危ういものだ。下手をすると……」

「ああ。人死にが出る前に、なんとか見つけ出さなくちゃね」

そうつぶやいたとたん、お百は眼帯の下で左目がじわりと熱くなるのを感じた。久々の仕事に勇み立っているのか、それとも危険を知らせているのか。

どちらにしても気合いを入れておいたほうがよさそうだと、お百は大きく息を吸った。

「あとでそちらに行く」と言って、お百はいったん左近次を帰した。そのあとで、喉に膏薬を塗り、身支度にかかった。

その横で、焦茶丸は不服そうに頬を膨らませていた。

「あんな人の頼み、ほんとに聞いてあげるんですか？」

「仕事だからね。金になるなら、やるっきゃないさ。あんただって、あたしが金を稼いだら嬉しいだろ？」

「そりゃそうですけど……お百さん、殺されかけたんですよ？　そこんとこ、わかってます？」

「ああ。でも、あれはあたしも悪かったのさ。あの男の前で、人形の悪口はちょっとだって言っちゃいけないってこと、うっかり忘れてたんだよ」

殺されかけたわりには、お百はけろりとしている。それが逆に焦茶丸には怖かった。

「ほんと、ここは化け物みたいな人ばっかりだ……」

思わずつぶやく焦茶丸に、お百はにやりとした。

「でも、さっきは助かったよ。あんたが飛びこんでくれなかったら、ほんとに死んでいたかもしれないからね。ありがとさん。あとで飴でも買ってやろうか？」

「いえ、それより毎日稼いでもらいたいです」

「ふん。またそれかい。かわいげがないったらないねぇ。はいはい、わかりましたよ。それじゃ、さっそく稼ぎに行きますかね。あんたはどうす……って、あんた、まだ出刃包丁持ってるのかい？」

「はい。一応、このまま持っていきます。お百さんがまたうっかり口を滑らせた時のために」

「失敬だね。あたしが同じしくじりをするような女に見えるのかい？」

「何遍言っても、だらしないところが直らないのはどこの誰ですか？」

「それは性格ってやつだよ。しくじりとは違うね」

そんなことを言い合いながら、お百と焦茶丸は外に出て、左近次の住む部屋へと向かった。

左近次の部屋は、お百と同じ間取りであった。だが、お百の部屋よりもはるかに狭かった。ところ狭しと、様々な道具が置いてあるからだ。人形の型なども多くあり、天井の梁からは、型取りした腕や足などがぶらぶらと、十何本もぶらさがっている。簞笥《たんす》の引きだしは少し開いていて、そこからもっそりと髪の毛の塊がのぞいている。床は汚く、なにやら白いかけらが散らばっていた。

それに、臭いもあった。なんともいえない、獣脂のような強い悪臭が立ちこめているのだ。

とにもかくにも異様な雰囲気だ。焦茶丸は震えあがってしまった。お百の後ろに隠れるようにしながら、焦茶丸はささやいた。

「……左近次さん、寝る時はどうしてるんでしょうね？」

「土間に布団しいて寝るんだろうよ。ほら、そこに布団が丸めてあるし」

「ひええ。自分は地べたで、人形と道具は畳の上ですか」

「そういうやつなんだよ。ちょいと。そんなひっつくんじゃないよ」

「そんな意地悪言わないでくださいよ。おいら、仮にも命の恩人でしょ？」

「まったく。しょうもない弱虫狸だよ」

毒づきながらも、お百はそのまま部屋に入り、土間に立つ左近次に聞いた。

「盗まれた人形ってのは、どこにあったんだい？」

「……そこだ」

左近次は部屋の隅のほうを指差した。

「……まだ作りかけだった。だが……器になるには十分な出来だ」

「わかった。できるだけ急ぐよ」

うなずき返すと、お百は眼帯を外し、左目を解き放った。

たちまち、視野が広がった。左目に映るものは全て青く染められている。畳も天井も道具も、まるで青い水の中に浸されているかのようだ。

だが、異質なものは別な色と光を放つのだ。

例えば、箪笥からのぞく髪の束は、青白くはかなく燃えている。

なめしている途中とおぼしき皮は、誰かに殺された女の骸《むくろ》から剝いできたものなのだろう。赤黒い怒りの手形がいっぱいついている。

床のあちこちに転がるかけらは、人骨なのだと今はわかる。

だが、そうしたものにはあまり目を向けず、お百は自分が見るべきものを探した。

それはすぐに見つかった。床には小さな足跡が残されていたのだ。盗まれた人形があった場所へと向かい、そして外へと戻っている。

その足跡は、強烈な黄色だった。執着の色だ。

いやな気持ちになりながら、お百はかがみこみ、じっくりと足跡を見つめた。

「盗んだのは……たぶん若い娘だね。足跡が小さい」

そうつぶやきながら、足跡に触れた。

とたん、足跡からふわりと糸が立ちのぼってきた。糸は外へとのびていき、やがてぴんと張った。足跡の持ち主とつながったのだ。これをたどっていけば、人形を盗んだ者にたどりつけるだろう。

だが、お百はすぐには動かなかった。まずは指先で糸をはじいてみた。とたん、糸が鳴いた。

恋しい恋しい。

糸の音はそう言っていた。

「こいつはますますまずいね。……あたしの勘だと、この盗っ人は恋してるよ」

ざっと、左近次の顔も青ざめた。

「それは……まずいぞ」

「ああ。すぐに捜しに行く」

「……俺も一緒に行こう」

「そのほうがいいかもしれないね。……こっちだ。急ぐよ」

お百と左近次は急ぎ足で外に飛びだしていった。

わけがわからぬまま、焦茶丸もあとを追うことにした。焦茶丸の鼻は、早くも不穏の匂いを嗅ぎつけていた。

これは絶対にただではすまない。

匂いはそう告げていた。


時は半月ほど前に遡る。

その日、染め物問屋、藍園屋《あいぞのや》の一人娘おくみは女中も連れずに、こっそりと店を抜けだした。誰にも行き先は言わなかった。というより、言えなかったのだ。

悪名高き化け物長屋に向かうなど、口が裂けても言えるものではない。しかも、呪いを依頼するためとあれば、なおさらだ。

恋敵のおよねを呪い殺してほしい。

おくみの願いは今それだけだった。

十七歳のおくみにとって、同い年のおよねは八つ裂きにしてやりたいほど憎い相手だった。

そもそも、二人はなにかと比べられていた。

同い年で、どちらも評判の美人。

かたや繁盛している染め物屋の娘、かたやこれまた老舗の旅館の娘と、甲乙つけがたい。

周りがそうやってけしかけるものだから、おくみもおよねに対して「負けたくない」という気持ちが強くなった。

だが、おくみはおよねに負けた。それも、よりにもよって、絶対負けたくないことで。

「三次郎《さんじろう》さん……」

恋しい男の名を呼んだとたん、ずきんと、胸に痛みが走った。

三次郎は、かんざし職人だ。まだ歳は若いが、こしらえるかんざしはすばらしく、加えて娘達を惹きつけてやまない甘い顔立ちの持ち主だ。

おくみも、なんとか振り向いてもらいたくて、次から次へと三次郎のかんざしを買いこんだ。

そんなおくみの気持ちは、十分すぎるほど三次郎に伝わっていたはずだ。だが、三次郎はおくみを選ばなかった。こともあろうに、およねと夫婦になると決めたのだ。

それを聞いた日から、おくみは眠れなくなった。

目をつぶれば、三次郎によりそうおよねの姿が浮かぶ。あちこちからおよねの高笑いが聞こえてくる。

嫉妬と怒りで、おくみは正気を失いそうだった。

やがて、はっきりとした殺意が芽生えた。

あの娘が三次郎の妻になるなど許せない。そんなことさせるものか。

最初は自分の手で殺そうかと思ったが、すぐに思いなおした。

およねさえいなくなれば、三次郎は今度こそおくみのほうを振り向いてくれるだろう。そのためにも、自分が下手人になることは避けたい。

そうして、おくみは化け物長屋のことを思いだしたのだ。

奇怪な者達が住んでいるという化け物長屋。あそこに行けば、呪術が使える者に会えるかもしれない。その者に、およねを呪い殺してもらおう。

親の手文庫からこっそり二十両の金を持ち出し、おくみは化け物長屋へと向かったのだ。

歩いている間も、およねへの憎悪が止まらなかった。

憎い憎い。どんな手で三次郎さんをたらしこんだというんだろう？　およねめ、死ね死ね！

心の中で汚い言葉を吐きちらしながら、ついにおくみは化け物長屋にたどりついた。

普通の長屋と違い、化け物長屋一帯は静まりかえっていた。路地に出ておしゃべりしているおかみさん達の姿もなければ、走り回る子供らの姿もない。まるで人がいないかのように、しんとしているのだ。世間では正月間近ということで、めでたい雰囲気があふれているというのに、ここにはそれすらもない。

さすがに気後れしながらも、おくみは恐る恐る足を踏み入れていった。

どの部屋の戸も閉ざされていた。

のぞくな。近づくな。

そういう気配が濃厚にする。

おくみはどんどん気力が失われていくのを感じた。片端から戸を叩き、「呪術師はいませんか？」と尋ねるつもりだったが、これはだめだ。戸を叩く勇気さえわいてこない。

すっかりへっぴり腰になっていた時だ。おくみは、少しだけ窓が開いている部屋を見つけた。

誰かいるか、ちょっとだけのぞかせてもらおう。その上で、声をかけるとしよう。胸をどきどきさせながら、おくみは窓の隙間に顔を近づけ、部屋の中をのぞきこんだ。

そこはぐちゃぐちゃとひどく散らかっていた。たぶん、職人の部屋なのだろう。見たこともない道具や材料とおぼしきものが積み重なっている。その中に、白い大きな人形があった。

等身大の若い男の人形だった。裸で、象牙《ぞうげ》色のなめらかな肌が妙にいやらしい。壁によりかかるようにして座っていて、まるで生きているかのようだ。

髪はなかったが、その顔も生きた人間そのものだった。しかも、美男だ。

どことなく恋しい三次郎に似ている。

そう思ったとたん、おくみの頭の中でばちんと何かが爆ぜた。

ほしい。あの人形がほしい。

誰もいないのを確かめてから、おくみは表に回りこみ、戸を開けて中に滑りこんだ。部屋の中はむわっと悪臭に満ちていたが、おくみはひるまなかった。あの人形に目が釘付けになっていたからだ。

やっぱり三次郎に似ている。鼻筋や口元が特に。

そっと触れてみたところ、人形はひんやりと冷たく、だが、弾力があった。どうやって作っているかは知らないが、これは人の肉質だ。

どういうわけか、ますますほしくなった。この冷たくも柔らかな人形をもっと触りたい。愛でたい。抱きしめたい。本物の三次郎が手に入らないのなら、せめて人形くらいそばに置いておきたい。

当初の目的も忘れはて、ほとんど我を失った状態で、おくみは人形をここから連れ出すことにした。

そばにあった大きな風呂敷を広げ、人形をそこに横たえた。人形は、その大きさに比べればかなり軽く、五つか六つの幼子程度の重みしかなかった。膝を折らせ、身を丸めさせれば、ちょうど風呂敷に包めるほどの大きさになった。

それを背負い、おくみは外に出た。盗みを働いていることはわかっていたが、やめようとは微塵も思わなかった。

これはもう、あたしのものなんだ。

幸い、誰にも出くわすことなく、おくみは化け物長屋の外に出ることができた。そうして人が行き交う大通りを足早に進み、無事に藍園屋に戻ったのだ。

まだ誰もおくみの外出には気づいておらず、おくみは何食わぬ顔をして自分の部屋に入った。おくみが恋煩いでひきこもっていることは、みんなが知っている。しばらくは部屋に近づいてくれるなとも言ってある。だから、安心してあの人形を出せるというものだ。

ほっとしながら、おくみは風呂敷をほどき、手に入れた人形をまずはじっくりと調べていった。

じつによくできた人形だった。肘や手首、膝などの関節に特殊な仕掛けがしてあるのか、人間とほぼ同じように動かせるようになっている。股間には一物《いちもつ》までついていた。

ちょっと顔を赤らめつつ、おくみはその一物を撫でたり握ったりしてみた。なんだかぞくぞくするような喜びがあった。人形も喜んでいるような気がした。

思いきって抱きしめてみたところ、これまた心地よかった。この柔らかな抱き心地は癖になりそうだ。

うっとりしながら、おくみは人形の顔をのぞきこんだ。人形の澄んだ目は、じっとおくみを見返していた。本物の三次郎が決してくれなかった、まっすぐなまなざしだ。

「あんたは三次郎。あたしだけの三次郎よ。明日、鬘《かつら》を買ってきてあげる。着物もね。なんでもしてあげるから、ずっとあたしのそばにいるのよ」

ささやきながら、おくみは人形の唇に口づけした。

その夜、おくみは人形と一緒に布団に入った。足をからませ、胸や腹、その下も撫でさすり、くすくすと一人で笑って戯れているうちに、いつの間にか寝入っていた。

そうして久しぶりに、憎たらしい恋敵も、つれない三次郎も出てこない夢を見た。

夢の中で、おくみは人形と一緒だった。

人形は笑いながら、おくみのことを抱きしめてきた。

私を人にしておくれ。おまえのために、人になりたい。

痺れるような甘い声音《こわね》でささやかれ、おくみは夢中でうなずいた。

そして目が覚めた時、おくみは人形をしっかりと抱きしめていた。というより、人形の腕の中にいて、向き合っていた。

人形の目がじっとおくみを見ていた。何かを訴えかけるように。一緒に布団に入っていたせいか、冷たかった肌もほんのりと温かく、昨日よりもしっとりとしている気がする。

おくみは夢での出来事が現のような気がしてきた。

「あんた、人になりたいのね？　あたしのために、人になってくれるね？　でも、どうしたらいいの？」

起きあがりながら、おくみは人形を改めて抱きよせた。その拍子に、かたりと、人形の首が傾いた。

とたん、おくみの頭に稲妻のようにひらめいたことがあった。それは自分自身で考えついたものではなく、誰かが伝えてきたことのように思えた。

ああ、わかった。人形だ。人形が、思いをおくみに伝えてきたのだ。

「……そっか。わかったわ。やってみるわね」

おくみはうなずいた。

その日以来、おくみはちょくちょく家を出ては、色々と買いこんで戻ってくるようになった。それ以外はいつも自室にこもった。食事も部屋の前に運ばせた。

そうしたわがままに、家族は何も言わなかった。

少しは外に出るようになったことだし、ここは気がすむまで、おくみの好きにやらせてあげよう。

かわいい一人娘には、みんなとにかく甘かった。

そうして、誰の目も届かぬ部屋の中で、おくみはひたすら人形遊びにふけった。

もはや、おくみにとって、人形は夫だった。しきりに話しかけ、甘え、抱きしめる。着物を着替えさせ、一緒に食事をする真似をする。毎晩一緒に寝ては、秘め事めいたこともした。

そのおかげなのか、人形は日に日に人間めいてきた。肌は艶めき、目は生き生きとし、なんとなくだが、おくみを抱きしめ返してくるようなところもある。

また、心と心を通じて、人形は自分の願いをおくみに伝えてくる。頭に浮かんでくるひらめきを、おくみは人形の願望として受けとるようになっていた。

人形の望みは次々と出てくるようだった。

あれがほしい。こうしてほしい。

だんだんと要求は難しいものになってきたが、それをこなすことをおくみは喜んでいた。もうじき人形は声を発するようになるかもしれない。それとも、動くようになるのが先だろうか。

「あんた、もうじきなのね。人になれるのね。……ええ、わかってる。猫の頭と胆ね。ちゃんと持ってくるわ。近所の野良猫を狙うから大丈夫。……うふふ。あんたにそう言ってもらえるのが一番嬉しいのよ」

人形に話しかけながら、おくみはその胸にそっと顔を寄せる。もはやあれほど憎かったおよねのことも、あれほど恋しかった三次郎のことも、頭には浮かんでこなくなっていた。頭も心も、この愛しい人形のことでいっぱいだ。

幸せで、そしてさらに人形に愛されたくて、おくみは夜な夜な人形の頼みごとを叶えるために、家を抜け出すようになった。だが、そのことに気づく者は誰一人いなかった。

そうして、いつの間にか正月も終わっていた。

ある日、おくみはふとつぶやいた。

「ねえ、あんた。もうじきもうじきって言うけど、ほんと、いつになったら動いてくれるの？　あ、別に焦っているわけじゃないのよ。ただ、そろそろあんたのこと、うちの親にも言いたくて。これがあたしのお婿様よって。……ああ、そうだったの。そうよね。肝心のものが欠けていたら、動けるわけないわよねぇ。ごめんなさい。

すぐに行ってくるわ。ちゃんと取ってくるから、心配しないで」

にっこりと、おくみは人形に微笑みかけ、それからすいっと立ちあがった。

さて、お百は早足で糸を追っていた。

途切れることなく先へのびている黄色の糸。それを見失わないために、左目はずっとあらわにしている。

青い瞳が目立たぬよう、深く頭巾をかぶったまま、無言で歩くお百。それを追う人形師の左近次と化け狸の焦茶丸も、これまた無言だった。

だが、ふいにお百が唸り声をあげたので、左近次がそっと尋ねた。

「……どうした、お百？　もうじきたどりつけそうなのか？」

「わからないよ、そんなこと。ただ……まずいね。糸が赤くなってきた」

「……それはどういうことだ？」

「殺意だよ。もうじき誰かが血を流すことになりそうだ」

お百の目に映っている糸は、もはや真っ赤で、ねとねとと赤いしたたりを落とし始めている。毒々しい色であり、不吉な粘つきだ。

よくないことが起きようとしている。もしかしたら間に合わないかもしれない。

そう思いながら、お百はついには走りだした。そうして、糸の先端に一人の若い娘がいるのを見たのだ。糸は吸いこまれるようにその娘の胸元へとつながっていた。

「見つけた！　あの娘だよ！」

鼻息も荒くお百は小さく言った。

三人は走るのをやめ、さりげなくその娘へと近づくようにした。徐々に娘との距離を縮めながら、お百は左近次にささやいた。

「どうやら人形は持っていないようだね」

「……そのようだ。たぶん、どこかに隠しているんだろう」

「どうするんだい？」

「……人気《ひとけ》がないところに来たら、路地裏にでも引っぱりこむ。指を一本一本折っていけば、すぐに人形のありかを白状するだろう」

「荒っぽいやり方は感心しないね。下手すりゃ、あんたが八丁堀《はっちょうぼり》に引っぱられるよ」

「かまうものか。……俺の人形を盗むなんて、許せない！」

左近次の細い目がぎらぎらと光り出していた。

ひえぇっと言わんばかりに、焦茶丸は左近次から離れ、お百のほうへ寄ろうとした。と、その顔つきが微妙に変わった。

「あれ？　あ、ちょっと、お百さん」

「うるさいね。なんだい？」

「あ、あのおじょうさん、なんか血なまぐさいです」

「血？　月のものでも来てるんじゃないのかい？」

「ち、違います。そういう臭いじゃない。古い血が何度も重なったような臭いです。それに……鉄の匂いもします。たぶん刃物を持っています」

「刃物？」

お百は前を歩く娘をじっと見た。

さっきちらっと横顔が見えたが、きれいな娘だった。身なりもいいし、とても刃物なんて物騒な物を持っているようには見えない。だが、焦茶丸が嘘をつくとも思えない。心にとめておこうと決めた。

と、娘がすいっと横道に入り、そのまま立ち止まって、何かをうかがいだした。

娘のまなざしの先には、若い男がいた。いかにも娘達が騒ぎそうな色男だ。

だが、男を見つめる娘の目に恋情はない。それどころか、体全体からぎらついた青白い焔が立ちのぼりだした。強い殺意と欲望の焔だ。

その手がそろりと胸元に伸びるのを見て、お百はとっさに左近次をふりかえった。

「左近次、あの娘、気絶させておくれ！」

左近次は物も言わずに娘へと突進していった。娘は左近次のほうを振り向く隙も与えられず、みぞおちに一撃を食らって、その場に崩れた。

介抱にかかるふりをしながら、お百は娘の胸元を探った。はたして、小さな包丁があった。これを使って、この娘は人を殺そうとしたのだ。

ため息をつきながら、お百は左近次を見た。

「今からこの娘の家に行く。娘をおぶっておくれ」

「……いやだ」

「あんたねぇ」

「……なぜ俺が盗っ人をおぶわなくてはならない？　まっぴらだ」

「……あたしが見たところ、あんたの人形はこの娘の家にあると思うよ。この娘を連れて行けば、すんなり家の中に入って、人形を取り戻せるかもしれないんだけどねぇ」

「……わかった」

しぶしぶといった様子で、左近次は娘を背負いあげた。

娘の痕跡をたどったお百達は、四半刻後には娘の家に着いていた。

娘の家は、そこそこ大きな染め物問屋だった。お百が睨んだとおり、「ごめんくださいよ」と、娘を連れてのれんをくぐったところ、大騒ぎとなった。

「おくみ！」

「お、おじょうさま！　ああ、大変！」

「こ、これはいったい、どういうことでしょうか？　何があったというんです？」

慌てふためく店の者達に、お百はすらすらと嘘をついた。

「いえね、通りを歩いていたら、前を歩いてたおじょうさんが急に気を失ったんでございますよ。そのまま放っておくわけにもいかず、人に家を尋ねて、ここに連れて来たというわけでして」

眼帯で左目を隠し、はきはきと言葉を述べるお百を疑う者はいなかった。特に、主夫婦は深く感謝した。

「ああ、そうでしたか。それはそれは、本当にありがとうございます。あ、ちょっと奥へ。このままお帰りいただくわけにはまいりませんので」

「あなた、おくみはとりあえず私達の部屋へ寝かせましょう」

「ああ、それがいいね。おくみのことはおまえに頼んだ。さ、どうぞ奥へいらしてください」

こうして、お百達は奥の座敷へと通された。「ちょっとお待ちくださいませ」と、いったん主人は座敷から出て行った。

これは金一封が期待できるかもしれないと、お百は舌舐めずりした。そんなお百の袖を、左近次は不機嫌そうに引っぱった。

「……人形は？　どこにある？」

「しっ！　ちょっと待ってなよ。お礼をもらえるかもしれないってのに」

「……そんなものはどうでもいい。俺の人形は？」

「んもう！」

歯ぎしりしながら、お百はちらっと眼帯をずらし、さっと家の中を見回した。

点々と、黒ずんだ血の痕が床に残っていた。血痕から立ちのぼってくるのは、鼠や猫の叫び声だ。

顔をしかめながらも、お百は焦茶丸に言った。

「焦茶丸。鼻の利くあんたのことだ。鼠や猫の血の臭いを嗅ぎつけてるだろ？」

「は、はい」

「それじゃ、この唐変木《とうへんぼく》と一緒にその血をたどっていっておくれ。臭いの強いほうに、たぶん、人形があるからさ」

「わ、わかりました」

「ってわけだ。左近次、あんた、この子と一緒に行ってきな。誰かに見られないようにするんだよ」

「……わかった。気をつける」

焦茶丸と左近次はするりと座敷を抜けだしていった。

それからしばらくして、袱紗《ふくさ》包みを手にした主人が戻ってきた。

「おや、お連れ様は？」

「あいすみませんねぇ。二人とも、厠に行きたいと騒ぎ出しまして。すぐに戻ってくると思いますよ。……おじょうさんの具合はいかがです？」

「はい。まだ目を覚まさないので、とりあえず医者を呼ぶことにしました。でも、娘が無事だったのは、あなた方のおかげです。これはほんの気持ちですが、どうかどうかお納めください」

「そういうことなら、ありがたくいただきましょう」

差し出された袱紗包みを、お百は遠慮なく受けとった。

そのあとで、じっと主人の顔を見た。そのまなざしにただならぬものを感じたのだろう。主人は落ちつきなく目をさ迷わせた。

「あの……何か？」

「おじょうさんのことなんですけどね……じつは、まだ言ってないことがあるんですよ」

「おくみのことで？」

「ええ。道を歩いていたおじょうさんが倒れたというのは、嘘なんです。ほんとは、おじょうさんは路地に隠れていたんですよ。こんな物を握りしめてね」

お百は懐から包丁を取りだして、主人の前に渡した。主人は青ざめながらも、かぶりを振った。

「まさか……うちの娘が刃物を持つなんて、あ、ありえませんよ。あの子は優しい娘です。虫も殺せやしません」

「そうですかねぇ。あたしはその時のおじょうさんの顔を見たんですよ。すごい目で、じっと若い男を睨みつけていました」

「わ、若い男？」

「ええ。水もしたたるような色男でしたねぇ。その人をおじょうさんは睨みつけていて……今にも殺しにかかるかと思えたほどです。でも、気が高ぶりすぎたのか、急に白目を剝いて倒れてしまいまして」

「……………」

「ああ、ちなみにその色男がいたのは、さくら屋という小物問屋でした。どうもかんざしを納めに来たかんざし職人のように見えましたよ」

心当たりがあったのだろう。うっと、主人は棒を飲んだような顔つきになった。

そんな主人にたたみかけるようにお百は言った。

「いらぬお世話かもしれませんけど、おじょうさんからしばらく目を離さないほうがいいと思いますよ。下手をすると、人を傷つけてしまうかもしれないから」

その時だ。きゃあああっと、激しい悲鳴が聞こえてきた。

「な、なんだ？　おくみ？」

うろたえる主人を残し、お百はさっと座敷を出て、悲鳴のするほうへと走った。

奥の一間に、あの娘がいた。血走った目をして、腰にしがみついている母親を必死で引き剝がそうとしている。

お百に遅れて駆けつけてきた主人に、おかみは叫んだ。

「あなた！　と、止めて！　おくみを止めてください！　この子、三次郎さんを殺しに行くって！」

「なんだって！　おくみ！　し、しっかりしないか！　正気に戻りなさい！」

「うるさい！　離して！　離してよ！」

飛びついてきた父親の顔をひっかきながら、おくみは絶叫した。

「離してったら！　うちの人のために、あいつの顔と髪がいるのよ！　顔と髪を剝いで、くっつければいいの！　そうすれば、あの人は本物になる！　あたしの旦那様になるのよ！」

「おくみ！　な、何を言っているの！　とにかく、いけません！」

「邪魔するなったら！　おっかさん達はあたしに幸せになってほしくないの？　あと少しなのよ！　あと少しで、あの人はちゃんと人になって、あたしと本物の夫婦になれるっていうのに！」

両親には、おくみの言葉は支離滅裂に聞こえたことだろう。だが、事情を知っているお百には理解できた。

やはり、この娘が左近次の人形を盗んだのだ。

ため息をついたあと、お百はおくみに近づき、その頰に平手を見舞った。ぱしんと、柏手《かしわで》のようないい音がし、一瞬、おくみは呆けたような顔となった。その隙をつき、お百は怒鳴りつけた。

「いい加減におし！　目を覚ましな！　あんたがどんなに面倒を見たって、人形は人形なんだ！　人の皮を剝いで貼りつけたって、人になんかなりゃしないんだよ！」

「そ、そんなことはないわ！　あの人はもういっぱいしゃべるようになっているんだもの！　鼠や猫の血をいっぱいあげたからよ。あの人の頼みごとは、あたし、なんだってしてあげたいのよ」

「人形が頼みごとをしてきたって？　あんたに？　そりゃ、あんたの錯覚さ。あんたは自分が思い浮かべたことを、人形のお告げだと思いこんだだけさ」

「ち、違う！　違う違う！　あんた誰よ！　出て行け！　あたしの前から消えてよ！」

怒り狂ったおくみは、今度はお百につかみかかってきた。もう三発ほど殴ってやるかと、お百が拳を握りしめた時だ。

ふいに、左近次が現われた。その両腕には、恐ろしいほどよくできた男の人形があった。

「あ、あんた！」

おくみは悲鳴をあげた。

「やめて！　触らないで！　あたしのよ！　あたしだけのものなの！　汚い手で触

らないで！」

「汚いのはおまえだ」

ふいに、人形がはっきりと言った。

えっと目を見張るおくみの前で、人形は忌々しげに顔を背けた。

「私は神への供物、贈り物となる身であったというのに。誰よりも清くあるべきこの体を、おまえに汚された。好き勝手になぶられ、いたぶられた屈辱は忘れられぬ。よくもあんな真似ができたものだ」

「そんな……ぜ、全部、あんたが言ったんじゃない。そうしてほしいって、あんたが……」

「一言も言ってはおらぬ。おまえが勝手にそう思っただけだ。醜い、卑しい娘！　汚らわしい！　その顔、二度と見たくはない！　左近次、私をここから連れ出してくれ。今すぐに」

「……御意」

左近次は僕《しもべ》のようにうやうやしく人形を抱きかかえ、部屋から出て行った。焦茶丸、それにお百もそのあとに続いた。もうこれ以上ここにいる必要はないと判断したからだ。

最後に、お百はちらりと後ろを振り返った。

おくみが立っていた。両親にそれぞれの腕をつかまれているが、もう暴れてはいない。ぽかりと開いた口からはよだれがたれ、目はうつろな穴と化していた。

「左近次の人形はあまりによくできすぎているんだよ」

化け物長屋の自分の部屋に戻ったあと、お百は焦茶丸に教えてやった。

「そもそも人形ってのは、人の身代わりになり得る形をしてるだろ？　その分だけ、念もこもりやすい。で、左近次の人形はそのさらに上にあるものなのさ」

より人に近く、より人に寄り添うもの。

左近次の人形は、子を失った夫婦の慰めにもなるし、人身御供《ひとみごくう》として荒ぶる神に捧げられもする。

だが、それにはきちんと段取りを踏まなくてはいけない。作り手の左近次によって名前と役目を与えられて初めて、生き人形はこの世に誕生するのだ。それまではどれほど人間に近い姿をしていようと、うつろで危険な代物でしかない。

なぜなら、名のない人形は人の心を飲みこんでしまうからだ。

「こ、心を飲みこむんですか？」

「ああ。特に、一つの念に囚われている人間は危ないね。恋とか憎しみとか。そういう気持ちを抱えている者にとって、人形はかけがえのない存在に思えてくるらしい。この人形は生きている、より人間に近づけるために、なんでもしてやらなくちゃいけないという気持ちになってしまうらしいよ。で、人形のためと言いながら、実際は自分の歪んだ想いを発散させてしまうんだ」

因果な話だと、お百は苦い笑いを浮かべてみせた。

「あのおくみって娘は、昔から残虐なところがあったのかもしれない。それを押し殺していたのが、人形を得たことで、一気に芽吹いてしまったんだろうね。鼠や猫を殺して、血をしぼったのも、そういうことをしてみたいという気持ちが心の奥底にあったからだろう」

「……おっかないです」

「ああ、ほんとにね。だが、それがあの娘の本性なんだ。そのことに、娘自身が気づいてしまった。……あの子はもう正気に戻らないかもしれないね。殻にこもっていれば、醜い自分の性根と向き合わずにすむから」

「……かわいそうです」

「ふん、お優しいこった」

おくみを気の毒がる焦茶丸を、お百は鼻で笑った。

「それを言うなら、あの娘に殺された獣はもっとかわいそうさ。それに、放っておいたら、あの娘はどんどん人を殺していったと思うよ。最初は思いどおりにならない恋しい男、次は恋敵、しまいには邪魔な両親をって具合にね」

「そ、そんなことはさすがにないと思います。……それにしても、左近次さんの人形繰りはすごかったですね。声まで別人みたいになってて。おいら、ほんとに人形が生きてしゃべっているのかと、思いこみそうになりましたよ」

「……あんた、左近次があれを操ったと思ったのかい？」

「えっ？　違うって言うんですか？　て、てことは……」

「ふん。ま、いいけどね。あんた、左近次の部屋にはなるべく近づくんじゃないよ。この世の中、知らなくていいことは山ほどあるんだ。ああ、疲れた。飯にしておくれ。うんと豪勢にしてくれなくちゃやだよ。あの染め物問屋から五両、左近次からは三両もらったんだ。一日の稼ぎには上出来だろ？　あ、忘れずに酒はつけとくれよ。三本、いや、今日は四本つけてもらってもいいよね」

青ざめている焦茶丸に、お百は矢継ぎ早に言ったのだった。

二

如月《きさらぎ》半ばの夕暮れ時、ぶらりと外に出ていたお百が化け物長屋に戻ってきた。

「うふう。さむさむ。焦茶丸、お茶！　熱いの、煎れとくれ！」

「あのねえ、お百さん。ただいまくらい言えないんですか？」

「お茶だよ、お茶！　あとただいま！」

「まったくもう！」

あきれながらも、焦茶丸は湯を沸かしにかかった。だが、どさどさとお百が床に投げだしたものを見るや、丸い顔にきゅっと厳しい表情が浮かんだ。

「またこんなに瓦版を買ってきて。無駄遣いですよ」

「いいじゃないか。おもしろい話が多いんだ。あんたも読めばいいのに」

「まっぴらです。だって、お百さんが買ってくるのって、お化けとか怨霊とか、どろどろした怖いやつばかりなんだもの」

「……あんた、自分が化け狸だってこと、忘れてないかい？」

「こ、怖いものは怖いんです。それに言っときますけど、おいらなんかより、ここのみなさんのほうがずっとずっと化け物めいていますからね」

「ふん。言い返しにくいことをずばずば言うじゃないか。ほんと口が減らないったら」

悪態をつきながら、お百は炬燵に飛びこみ、さっそく瓦版を読みだした。その顔がたちまちにやつきだす。

理解できないと、焦茶丸は肩をすくめた。

「真冬に怪談読んで、楽しいんですか？」

「うん。ほら、この血みどろの女幽霊なんか、すごいよ」

「うわああ、み、見せないでくださいよ、そんなの！　気味悪いったら！」

「うけけけっ！」

瓦版を読むのと焦茶丸をからかうのを同時に楽しみながら、お百は煎れてもらった茶をすすった。

と、瓦版をめくっていた手が止まった。

「焦茶丸……あんた、首なし鬼ってのを知っているかい？」

「首なし鬼ですか？　ええ、あやかしにいますよ」

「ふうん。……じゃ、これはそいつの仕業かねぇ」

「え？」

どれどれと、思わずお百の手元をのぞきこんだ焦茶丸は、大きくのけぞった。

「ひえええっ！　生首！　血がこんな！」

「絵におびえてどうすんだよ、馬鹿！」

「お百さんこそ、な、なんでそんなの平気で見られるんですか！」

「うるさいねえ。まあ、とにかくお聞きよ。浅草のあたりで立て続けに人が殺されているそうだ。それも、ただの殺しじゃない。首を切られて、持ち去られているらしい」

「ひえええ……」

「で、一昨日の夜、三件目の殺しがあったそうだ。その時、下手人を見た人がいるらしいよ。そいつは恐ろしく大きくて、手に刀を持っていて、頭がなかったんだと。で、殺した人の生首を持って、闇の中に消えていったとさ。だから、巷じゃ首なし鬼の仕業ってことになってるらしい」

お百の言葉に、焦茶丸はきょとんとした顔になった。

「なぜそうなるんですか？」

「なぜって……そりゃ、首のないやつが生首を持ち去っているからだろ？　自分の体に合う首を探しているからなんじゃないかい？」

「……お百さん。それ、変ですよ」

焦茶丸は押し殺した声で言った。

「首なし鬼は確かにいます。頭も首もないやつです。でもね、あれは生首なんてほしがりませんよ」

「そうなのかい？」

「ええ。あいつが好きなのは、肉がすっかり落ちたきれいな髑髏《どくろ》なんです。それを集めて、月光の下でよく磨くのが首なし鬼の楽しみなんです。古い墓を暴いて髑髏を持ち帰ることはあっても、自分で人を殺してまで、生首を集めようなんて、そんなこと絶対しやしませんよ」

「それじゃ、ここに描かれている首なし鬼の絵も偽者だっていうのかい？」

「うわ、いきなり見せないでくださいよ！」

「いいから、ちゃんと見ておくれよ。これだよ、これ」

焦茶丸はいやいや瓦版に描かれた首なし鬼の絵を見た。

鬼は蓑《みの》を着こみ、筋骨隆々とした腕に刀を持ち、地面に落ちた血まみれの生首を拾いあげようとしている。その体には確かに首がなかった。

ぱっと目をそらし、焦茶丸はきっぱり言った。

「これは首なし鬼じゃないです。少なくとも、おいらが知ってる首なし鬼じゃない」

「それじゃ新手の鬼ってことかねぇ。ふうん。まあ、なんにせよ三人も殺してるんだ。八丁堀の連中もさすがに本腰入れて下手人を捜しているって言うけど、あいつらの手に負えるかねぇ。……もしかしたら、近いうちにあいつが来るかもしれないね」

「あいつって誰です？」

「ん？　まあ、いいさね。そんなことより、そろそろ飯にしておくれ。もう日も暮れたことだし、腹ぺこだよ」

「……こんなの見たあとで、よくお腹が空きますね。おいら、食い気なんてどこか行っちまいましたよ」

「ふん。あんたの弱っちい胃袋と一緒にしないでほしいもんだ。いいから、飯！飯飯！」

「ああ、もう！」

あきれはてながら、焦茶丸が大根の味噌汁をこしらえにかかった時だ。

とんとんと、戸が叩かれた。

お百と焦茶丸は顔を見合わせた。

「金づるだ！」

「お客さんです！」

二人は色めき立った。

だが、やってきたのは、思いがけない客であったのだ。


雪平橋《ゆきひらばし》。普段はほとんど人の行き来がない、小さな橋だ。

だが、その日、橋の両端には黒々と人だかりができていた。

皆の視線が集まる中、同心、岩田金吾《いわたきんご》は橋の中央まで進み、身をかがめた。大きな筵《むしろ》がそこにあった。だが、その筵をもってしても、その下に広がる赤茶色の血だまりは隠しきれていない。

仲間達が集まったところを見計らい、金吾は筵を剝いだ。

現われた死体を見たとたん、同心達はそろって息をのんだ。誰もが固まり、動かぬ中、金吾はさらに首を伸ばし、じっくりと死体を眺めた。

「これはたいしたものだ」

首のなくなった男の体を調べながら、金吾は感心したようにつぶやいた。

「きれいに一撃で首を切り落としている。ためらいはいっさいない。……剛力で、しかも腕がいい」

「岩田さん。感心してる場合じゃありませんよ。……他にわかることは?」

「そうだなぁ。とにかく一撃だ。殺されたほうは、痛みも感じなかったはずだ。というより、殺されると思ってもいなかったようだ。ふいを突かれた。だから、手の平や腕に、抗った傷がない。証言のとおりだな。……鮮やかなものだ」

　自分の目に死体のありようを刻みつけたあと、金吾は立ちあがった。ぬうっと、大きな体が天に伸びる。

　岩田という名にふさわしく、岩のようにごつい大男なのだ。顔もいかついため、女にもてた例しがなく、いまだに独り身の三十歳。だが、どういうわけか動物と子供には好かれる。

　特に猫には大もてで、通りを歩くだけで野良猫が嬉しげにすりよってくる。おかげで、近所では「またたびの金吾さん」と呼ばれているのだ。

　だが、いかつい見た目も、かわいらしい異名も、岩田金吾の本質ではない。冷静でかつ柔軟な考え方ができるところが、この男のなによりの強みであった。

　金吾は、手下《てした》の小平《こへい》に声をかけた。

「で、仏の身元はわかったのか？」

「へい。背中に目立つ彫り物が入っていたんで、首はなくとも、割と簡単にわかりやした。近所に住んでる船頭の大助ってやつでさ。歳は二十五。昨日は女に会いに行くと言って、夜に出かけて、それっきり」

「そうか。……前の二件でも、同じくらいの年頃の男達だったな。首なし鬼ってやつは、若い男の首が好きらしい。おい、真之介《しんのすけ》。おまえも狙われないよう気をつけるのだぞ」

金吾は冗談のつもりで言ったのだが、言われた若い同心も、他の者達も笑わなかった。みんなのこわばった顔を見ていると、惨劇を見たという男の証言が、頭の中に蘇ってきた。

「ありゃ、人間じゃねえ！　人間じゃなかったんですよ！　誓ってほんとだ！　でかい体で、首がなくて。いきなり闇の中から出てきて、あのかわいそうな若いやつの首を刀で切り落としやがった。で、首を落としたあとは、それを持って、すげえ勢いで逃げていった。ああ、ちくしょう！　俺はなんてものを見ちまったんだよぉ！」

混乱と恐怖ですすり泣く男の言葉に、嘘の気配はなかった。少なくとも、鬼と思えるものを確かに見たということだ。

だが、金吾は大きな声で言った。

「馬鹿らしい。鬼などいるものか。どこぞの悪党が蓑を頭からかぶって、首なし鬼とやらになりすまして、首を刈り取っていっているのだろうよ。ふざけたやつだ。絶対お縄にかけてやる。皆は聞きこみにかかってくれ。怪しいものを見た人達が他にもいるかもしれないからな」

金吾の言葉に、同心達はそれぞれ散っていった。

だが、皆の顔には恐れがあった。鬼などいるはずがないと思いつつ、心のどこかで「本当にいたらどうしよう」と怯えている。

その怯えは、金吾の中にもあった。なにより、金吾は知っていた。闇の中に息づくもの、人とは違うものが確かに存在するということを。

そしてもう一つ、勘がはっきりと告げていた。これは普通の殺しとは訳が違う。怨恨の臭いも、刀の試し切りをしたがる馬鹿侍の残酷さもない。もっと深く闇を感じるものだ。

それが立て続けに三件とあっては、どうにも薄気味悪くてたまらない。しかも、下手人の正体はおろか、持ち去られた首すら見つからないのだ。

殺しの理由すらもわからないことが、金吾の苛立ちを大きくしていた。

それでも数日は地道に聞きこみを続け、手がかりを探した。が、やはり何もつかめない。

「しかたないな。……あいつの力を借りるとするか」

ついに金吾は心を決め、雪平橋の事件より四日目の午後、化け物長屋へと足を向けた。

そうして、「失せ物屋」お百を訪ねたのだ。

「邪魔するぞ、お百」

戸を開けて中に入ったとたん、金吾はおやっと思った。

これまでに何度か来たことがあるが、お百の部屋はいつも汚く、床はごみで散らかり、空気がよどんでいたものだ。

だが、今日は違った。床はきれいで、物も片づけられていて、嫌な臭いもしない。

変わらないのは、お百のぶっきらぼうな態度と声だけだった。

「ああ、なんだい。八丁堀の岩旦那かい」

愛想のかけらもなく言われ、金吾は苦笑した。まったく。そこそこいい女なのに、この素っ気なさと毒舌はいただけない。

「おいおい。久しぶりに会うのだ。もう少し心温まる言葉をかけてくれてもいいのではないか？」

「ふん。あんたが来ると、ろくなことがないからね。しかも、金の支払いもいつもしみったれてるしさ」

「しかたなかろう。奉行所は何かと物入りなのだ」

「だったら、その十手をちらつかせて、金をたんまり持ってそうな悪徳商人をゆすったりすりゃいいじゃないか」

「……おまえくらいなものだぞ。面と向かって、そんなことを言うのは。……ん？」

ここで金吾は、奥にもう一人いることに気づいた。ぽっちゃりとした男の子で、色黒で、目が丸い。

「お百……おまえ、いつの間に子を産んだのだ？」

とたん、非難の声があがった。

「馬鹿！　なんてこと言うんだい！」

「じょ、冗談じゃないです！　お百さんがおいらのおっかさんだなんて、ごめんです！」

「そりゃあたしの台詞だよ。なんで、あたしがこんな小憎たらしいやつの母親にならなきゃならないのさ！　だいたい、いきなりこんな大きな子ができるわきゃないだろ！」

「そうですよ！　おいらは焦茶丸。お百さんにこき使われてるかわいそうな子なんです！」

「勝手に居ついておいて、何をほざくか、この糞狸！」

「いだだだっ！　つ、つねるのは卑怯です！」

金吾はぽかんとしてしまった。

金吾が知っているお百は、誰にも心を開かぬ冷ややかな守銭奴だ。だが、今、焦茶丸とつかみあうお百の姿には、人らしいものがあふれている。

思わずくすりと笑いながら、金吾は二人の間に割って入った。

「そこまで。客をいつまでも放っておかないでほしいものだ。さあ、お百。おまえの力を借りたい。首なし鬼というやつを知っているか？」

「えっ？」

「ほえ？」

お百、それに焦茶丸も、目を丸くした。その表情があまりにそっくりだったので、金吾は今度こそふきだしてしまった。

「なんだ？　二人して、そんな顔をして」

「……いや。今あんた、首なし鬼って言ったのかい？」

「ああ。巷を騒がせている殺しのことだ。おまえ達ももしかして知っているのではないか？」

「……知ってるよ。で、あたしにその下手人を捜せって？」

「話が早くて助かる。どうもな、普通のやり方では見つからぬ気がするのだ。それで……うむ、悪いが代金は二分に負けてほしいのだが」

言った後で、金吾は身を引いた。お百は盛大に文句を言うだろう。爪を剝き出したどら猫のように飛びかかってくるかもしれない。そう思ったのだが……。

意外にも、お百は怒らなかった。それどころか、嫌な顔一つせず、「いいよ」と言ったのだ。

これには金吾も目を剝いた。

「い、いいのか？　二分だぞ？　二両ではないぞ？」

「だから、それでいいって言ってるんだよ」

「……どういう風の吹き回しだ？　何を企んでいる？」

警戒する金吾を、お百はきつい目で睨みつけてきた。

「あんたも失敬なやつだね。安く仕事を引き受けてやるって言ってやってるのに。そんならいっそ、十両ふっかけてやろうか？」

「や、やめてくれ。二分でよいなら、それにこしたことはないのだ。うむ。それでは、そういうことで頼む」

「ああ。……で？　どうするんだい？」

「まずは一緒に来てくれ。一番新しい殺しがあった場所を、おまえの目で見てもらいたい」

「今からかい？」

「早ければ早いほうがいいからな」

金吾の言葉に、お百はうなずいた。

急かされるのは嫌いなくせに、文句も言わないとはどうしたことだろうか。どうも今日のお百はいつもと様子が違うようだ。

金吾が首をひねっていると、袖を引っぱられた。

振り返れば、焦茶丸と名乗った子がこちらを見ていた。

「お侍さん、お、おいらも一緒に行ってもいいですか？」

「いいぞ。俺のことは金吾さんとか岩田の旦那と呼んでくれ」

と、ここでお百が口をはさんできた。

「ふん。もっといい呼び名があるじゃないか。焦茶丸、その旦那のことはまたたび旦那と呼んでやりな」

「またたび旦那？　変なあだ名ですねぇ。どうしてです？」

「その旦那はね、やたら猫に好かれるのさ。体中にまたたびが仕込んであるんじゃないかってくらいにね。そのくせ、女にはからきしもてない。ねえ、旦那。来世は立派な雄猫になれますようにって、今から願掛けしといたほうがいいんじゃないかい？　けけけけっ！」

「……やっぱりいつものお百だな」

唸った金吾であった。


その頃、ぴたりと締め切ったあばら屋の中では、ひそひそとささやく者達がいた。

「そろそろよさそうですね」

「ああ、巷では首なし鬼の仕業と評判になっている。瓦版にも載って、広まる一方だ」

「それでは、今夜……」

「ああ、今夜やろう」

「……それにしても臭うな。もっと深く土を掘って、埋めればよかった」

「あと少しの辛抱ですよ」

「ああ。あと少しで……やっと家に帰れる」

「そうだ。帰るのだ。ようやくな」

彼らのささやきは、決意と殺意と切望に満ちていた。


お百と焦茶丸は、金吾に連れられて殺しのあった雪平橋へと向かった。

数日経った今でも、橋にはくっきりと血痕が残っていた。そのたじろぐような深い色は、亡者の執念が宿っているかのように見える。

だが、お百は顔色も変えず、さっさと眼帯を外して、血痕やその周りを見つめだした。

その青々とした左目に、金吾はどきりとする。

いつ見ても不思議な目だ。空のように青く、深淵のような深みがある。ぼうっと光っているところが、胸を騒がせる。

心を吸いとられそうな危うさを覚え、金吾は急いで目をそらしながら早口で尋ねた。

「何か見えたか？」

「ちょっと待っとくれよ。大勢がここを歩き回ったもんだから、どれが下手人の足跡かわかんないんだ。……だめだね。見つけられない。どれが下手人のか、わかりさえすれば、追うことができるんだけどねぇ」

「お百ともあろう者が情けないことを言うな。これでは二分は払えんぞ？」

「うっさいねぇ。わかってるよ。……首のほうなら、追えるかもしれない。それでどうだい？」

焦茶丸はぎょっとした顔をしたが、金吾は乗り気になった。

「それはいいかもしれないな。なんにしろ、下手人は目的があって首を持ち去ったはずだ。首のあるところに、下手人がいるはずだ。やってくれ、お百」

「あいよ」

こっちだと、お百は迷いなく歩きだした。その足取りを、金吾は頼もしく思った。

この調子なら、夜になる前に下手人にたどりつくことができるかもしれない。こちらは一刀流の免許皆伝の腕前だ。相手が誰であれ、人であれば負ける気がしない。なにより、今日中にけりをつけたいという気持ちが大きかった。

その気持ちがにじみでていたのだろう。焦茶丸がささやいてきた。

「ずいぶん焦っているみたいですね。どうしてなんです？」

「焦りもするさ。首なし鬼は、きっかり四日ごとに殺しをしているのだ。……前回の殺しから、今日が四日目なのだ」

「……今日中に捕まえられるといいですね」

「ああ、まったくだ」

やがて、三人は道をはずれ、林の中に入っていった。ここまで来ると、人気はまったくない。ちょっとした山の中のようだ。

だが、お百はどんどん進み、がさがさとやぶをかきわけていく。

と、後ろを歩く焦茶丸が、さかんに鼻をくんくんさせ始めた。気になって、金吾は尋ねた。

「どうした、焦茶丸？」

「え？　あ、いえ……ちょっと、臭うなと思って」

「臭う？」

「……お百さんが目が利くように、おいらは鼻が利くんです。これはちょっと……いえ、そのうち旦那の鼻も嗅ぎとれるようになりますよ」

「ん？　なんのことだ？」

もっと詳しく聞こうとしたところで、金吾ははっとした。いつの間にか、前を歩いていたお百が足を止めて、何かを指差していた。

そちらに目をやり、金吾は体を硬くした。

あばら家があった。人が住まなくなって長いのだろう。今にも崩れ落ちそうだ。だが、良からぬ者が隠れ家にするにはうってつけと言えよう。

お百と焦茶丸を後ろに下がらせ、金吾はすばやくたすきをかけ、裾をからげた。そうして、腰の刀をいつでも抜けるようにしながら、一人、あばら家へと近づいていった。

だが、戸を蹴破って飛びこんでみたところ、中には誰もいなかった。かわりに、うわっと、ものすごい悪臭が襲いかかってきた。

「うっ……」

なんの臭いかはすぐにわかった。

死臭だ。肉が腐ってとろけていく臭いが、ぷんぷんする。

鼻と口を手で庇いながら、金吾はざっと家の中に目を走らせた。だが、それらしきものは見当たらない。

金吾は後ろを振り返り、手招きした。すぐにお百達が寄ってきた。

「どうだった？」

「ごらんのとおり、もぬけの殻だ。……この臭いの元がどこか、わかるか？」

「…………」

「…………」

お百は鼻にしわを寄せながら、焦茶丸は目に涙を浮かべながら、二人そろってある場所を指し示した。

金吾はそこの床板を剝がしてみた。その下の土は盛りあがっていた。掘り返され、何かが埋められたようだ。

囲炉裏《いろり》のそばにあった太い木の枝を使って掘ってみれば、さほど経たないうちに腐りかけた頭が三つ出てきた。目にも口にも土がつまっている生首はあまりにも無残で哀れで、金吾は手を合わせずにはいられなかった。

それから、改めてあばら家の中を見てまわった。誰かがしばらくここで暮らしていたのだろう。ほこりの積もった床には足跡が残っている。空になった徳利や米粒も見つかった。そして、囲炉裏の灰はまだ温かかった。

ついさっきまで、ここには憎き人殺しがいたのだ。あとわずかなところで取り逃がしたと、金吾は悔しさがわきあがってきた。

一方、お百は土に埋められていた生首達をしげしげと見ていた。

「苦労して取っていったにしては、ぞんざいな扱いだねぇ。首がほしかったんじゃないんだろうか？」

「わからんな。わからんことばかりだ。……下手人はここに戻ってくると思うか？」

「いや。身の回りの物が何一つない。殺しに使った刃物も、かぶっていたという蓑も。……たぶん、また狩りに出たんだろうね」

「俺もそう思う。……お百。追えるか？」

すがるような金吾に対し、お百はにやっと笑ってみせた。

「今度は大丈夫さ。ここに残った痕跡を追えばいいんだもの。……またたびの旦那。最初に言っておくけど、下手人は四人いるよ」

「何！」

「ほんとさ。気配が四つ残っているんだ。……たぶん、侍だよ。浪人じゃなくてね」

「主君持ちの侍が、庶民の首を狩ったと言うのか？」

ますます目を見張る金吾を、お百は苛立たしげに急き立てた。

「とにかく、急ごうよ。やつらは今夜、また誰かを殺すつもりだ」

「あ、ああ」

「それはそうと、焦茶丸は……あ、そんなとこに隠れていたのかい！」

焦茶丸はいつの間にかあばら家の外にいた。木の陰からちょっとだけ顔をのぞかせながら、もごもごと言った。

「だ、だって、生首が怖くって……おいら、もうそこには入りません」

「ああ、入る必要なんてないから、とっととついてきな。こんなふざけたことをしでかしたやつらを追うよ」

「……もう生首は見なくてすみますか？」

「さあね。運が悪けりゃ、鬼畜どもが誰かの首をはねるところを見ちまうかもね」

「げええ……」

「いいから、早くおいで！　旦那も、何をぐずぐずしてるんだ！　もうじき夜になっちまうんだ。時がないよ」

「あ、ああ、わかってる」

つくづくすごい女だと思いながら、金吾は走るお百を追いかけ始めた。

あと少しだと、伊之助《いのすけ》はやぶの中に身をかがめながら思った。

先ほどから震えが止まらない。かたかたと、どうしても歯が鳴ってしまう。寒さと恐れ、そして高まる期待のためだ。

鎮まれ。落ちつけ。

自分に言い聞かせていると、背に手を置かれるのを感じた。

振り向けば、田端藤治郎《たばたとうじろう》と目が合った。四人組の中で、一番の年長者で、伊之助にとっては父のように頼れる男だ。

青ざめている伊之助に、藤治郎は無言でうなずいてきた。

我らは悪くない。これは必要なこと。やらねばならぬことなのだ。

そんな声が聞こえた気がして、伊之助もうなずき返した。

そうだ。しかたないことなのだ。やるしかない。俺達は悪くない。これから人殺しをするにしても、それはどうしても避けられないことなのだ。

今夜、薬問屋海老名屋《えびなや》の若旦那、晋太郎《しんたろう》の首をはねる。そして、切った首を持ち帰るのだ。主君の怒りを買った立花扇之助《たちばなせんのすけ》の首として。

田端藤治郎。井上左門《いのうえさもん》。山口辰之丞《やまぐちたつのじょう》。湯川《ゆかわ》伊之助。

沼津《ぬまづ》藩の四天王と呼ばれた四人が、主君から「藩を出奔《しゅっぽん》した立花扇之助を討て！」を命じられたのは、すでに三年前になる。

名誉ある役目を賜ったと、最初は血気盛んに思ったものだが、半年もしないうちに現実に打ちのめされることとなった。

どこにいるかもわからぬたった一人の若者を、追い続ける。見つけ出し、その首をはねて藩に持ち帰るまで、決して故郷に戻ることは許されぬ。

路銀は何度も尽き、そのたびに藩にねだらねばならない。金は送られてきたが、必ず殿の怒りの手紙が添えられていた。

なるべく金を催促しないですむよう、四人は節約を心がけ、野宿をし、ぼろぼろになった着物を着続けた。

すでに、彼らの姿は名誉ある藩士ではなく、落ちぶれた浪人のようだった。

ふつふつと、伊之助は抑えきれぬ怒りを覚えるようになった。

そもそもの発端は、美少年の扇之助が、男色好みの殿になびかなかったことだという。

扇之助のことは、伊之助も見知っていた。月光を思わせるほど美しい少年で、男には興味がない伊之助ですら、見ればなにやら胸が騒いだものだ。

伊之助ですらそうだったのだから、殿の扇之助に対する執着はすさまじかった。小姓になることを命じ、とにかくそばから離さず、何かというと扇之助の体を撫でまわしていたという。

そんな執拗な求めにおののいた扇之助は、とうとう藩を出奔してしまった。身寄りもいない身軽さゆえに、なんの未練もなく飛びだしたのだろう。

当然、殿は激怒した。かわいさ余って憎さ百倍とばかりに、扇之助の上意討ちを伊之助達四人に命じたのだ。

今では「なんとくだらない」と、伊之助は思う。こんな理由で上意討ちを命じられた側にしてみれば、迷惑千万。とんだ貧乏くじを引かされたものだ。

扇之助も扇之助だ。齢十六とはいえ、武士であろう。殿に背くのであれば、武士らしく腹を切ればよかったものを。卑怯にも逃げだすなど、許せない。

扇之助への怒り、そして殿に対する恨めしさは、尽きることがなかった。

だが、主君に従うのが武士の務め。どんなに恨みに思おうと、故郷に戻るには扇之助を見つけ出すしかないのだ。

四人はそれこそ血眼になって、扇之助を捜した。だが、捜索は難航を極めた。

扇之助はまるで煙となって消えてしまったかのようだ。手がかり一つつかめなかった。

これはおかしいと、四人は焦った。

扇之助はたった十六。出奔した際に持ち出せた金も少なかろう。誰かがどこかで見かけているはずなのに。いや、すでに、あやつはどこかで死んでいるかもしれない。死人を捜し回っているのだとしたら、こんな無駄なことはない。

そんな不安に駆られ、いっそ「扇之助は死んでおりました」と、殿に報告しようかと何度も話しあった。

だが、もしそれが嘘だと知れた時は、自分達は家族もろとも死罪にされよう。そんな危険はやはりおかせない。

捜せ。とにかく捜し続けろ。それしかない。

何度もくじけそうになり、そのたびに仲間同士で励ましあった。焦りと絶望に、次第に顔つきまで変わってきたが、それでもなんとか踏みとどまって、力をふりしぼりつづけた。

だが、決定的な出来事が、ついひと月ほど前に起こってしまったのだ。

正月間近で賑わう浅草寺《せんそうじ》の境内にて、伊之助達は扇之助そっくりの若者を見つけたのだ。歳は十九か二十。身なりも髷《まげ》も町人のものだったが、そのきれいな顔立ちには、主君を夢中にさせたあの少年のおもかげがはっきりとあった。

あれから三年が経っている。歳の頃も合う。これは扇之助に違いない。

一方、扇之助は伊之助達に気づく様子もなかった。下男を連れ、にこやかに屋台の正月飾りを眺めている。

その優雅で幸せそうな姿を見たとたん、伊之助は頭に血がのぼった。

自分達が辛酸をなめてきたというのに、こいつは！

それは他の三人も同じだったようだ。目配せを交わし合い、四人は目をぎらつかせながら扇之助を取り囲んだ。

喉も裂けよとばかりに大音声を発したのは、田端藤治郎であった。

「立花扇之助！　とうとう見つけたぞ！　神妙にいたせ！」

「もう逃がさぬぞ！」

「おとなしく首を差し出せ！　これは上意討ちである！」

だが、刃向かってくるかと思いきや、扇之助は「きょえええっ！」と悲鳴をあげ、へなへなとへたりこんでしまった。

だが、その時の伊之助はおかしいとも思わなかった。むしろ、これなら簡単に首が切れると、勢いづいたくらいだ。

と、一人の侍が前に進み出てきて、怯える若者を庇った。灰色の着流しを着て、腰に大刀だけを差したその男は、落ちつき払った様子で伊之助達に言った。

「待たれよ。失礼ながら、人違いかと存じあげる。これなる若者は晋太郎。薬問屋海老名屋の総領息子で、それがしが昔から見知っている若者でござる。扇之助なる者ではござらぬ」

「な、何を！　さては貴様も扇之助の仲間であろう！」

「舌先で我らをだまくらかそうとしても無駄なことよ！」

「そこをどけ！　さもなくば、貴様ごと叩き切ってやる！」

「やってしまってください、左門さん！」

殺気立ち、騒ぎ立てる伊之助達に、男はゆっくりと名乗った。

「拙者は八丁堀筆頭同心、丹波雄一郎《たんばゆういちろう》と申す者でござる。この場でことを起こせば、方々に奉行所に来ていただきますぞ」

「ぶ、奉行所？」

「同心だと？」

「誓って偽りではござらぬ。……大事なお役目を担っておいでの身の上と、お察しいたす。しかし、人違いの若者を斬り殺すなどという不始末を起こせば、それはすなわち、そちらの主君の傷となりましょうぞ」

言い分、貫禄、落ちつき。全てにおいて丹波雄一郎なる男が勝っていた。

伊之助達は引き下がるしかなかった。

だが、それでよかったのだ。

その後、きちんと調べたところ、丹波の言うとおりであることがわかった。

扇之助ではなかった。他人の空似であったのだ。また一からやり直しだ。

だが、伊之助達は打ちのめされてしまった。張りつめていた糸がぷつりと切れたように、気力という気力がなくなっていた。

見つけた！　辛かった旅もこれで終わる！　故郷へ、家へ帰れる！

一度はそう思っただけに、痛手は激しく大きかった。

心が本当に折れたのはあの時だったのだと、伊之助は思う。

だからだろう。魔が差したとしか言いようがない言葉が、ふと口からこぼれてしまったのだ。

「いっそ……偽首を持って帰るというのはどうでしょう？」

はっとしたように、三人が伊之助を見た。怒鳴りつけられるかと、伊之助は小さくなったが、そうはならなかった。長い沈黙の末、「それも……いいかもしれぬな」と、藤治郎がうなずいたのだ。

四人はすぐさま策を練った。

狙うは、海老名屋の若旦那、晋太郎。武芸の覚えもない軟弱な若者だ。隙だらけだし、切ろうと思えば、いつでも切れる。

だが、まずいことに、伊之助達は大勢の人の目があるところで晋太郎を追いつめてしまった。しかも、八丁堀の同心の前でだ。ここで晋太郎の首を切ったら、「あの時の侍達が怪しい」と、伊之助達に嫌疑がかかるのは必須。

だから、いっそ化け物の仕業にしてしまうというのはどうだろう？　まずは、でたらめに若い男を数人殺し、首を持ち去るという怪奇を起こす。最後の犠牲者が晋太郎だったとしても、なんら怪しまれることはあるまい。

あれよあれよとことは決まり、さっそく伊之助達は動きだした。人に見られた時のことを考え、変装もすることにした。肩に詰め物をした上で、頭から蓑をかぶれば、首がない大男のように見える。

その姿で、まず藤治郎が一人殺した。その次は辰之丞がやり、左門が三人目を殺した。そして今夜は、伊之助の番なのだ。

今夜で全てが終わる。

本命である海老名屋の晋太郎が、今夜この道を通ることはもう調べがついている。用心棒が一人ついているようだが、それは左門達が引き受けてくれるという。伊之助はただ手早く晋太郎の首をはね、それを拾って、逃げればいいだけだ。

伊之助は、国に残してきた許婚の志保《しほ》を想った。

早く戻って祝言を挙げたい。このむなしく疲れる日々を終わらせたい。

疲弊しきった心に、もはや誇りや罪悪感など残ってはいなかった。

いつの間にか、震えが収まり、かわりに血がたぎってきた。伊之助は仲間達を見返し、「大丈夫です」と、うなずいてみせた。

自分はやれる。やりとげてみせる。そして国に帰るのだ。

暗闇の中、四人はさながら四匹の獣のように身を隠し、息を殺しながら獲物がやってくるのを待った。

だが、思わぬことが起きた。

「うぐっ！」

突然、後ろにいた辰之丞が妙なうめきをあげたのだ。そのままばったりと、前のめりに倒れた。

「辰之丞？　お、おい、どうした？」

「何事ですか？　あっ！」

伊之助ははっとした。倒れた仲間の後ろには、長い十手を手にした男が立っていたのだ。

お上の手の者か！　さては、こちらの企てが知れてしまったのか！

慌てふためきながらも、伊之助達はいっせいに刀を抜いた。相手は一人だ。手練れではあるようだが、三人がかりで切りつければ、まず負けることはないだろう。

叩き切ってやる！　晋太郎の前に血祭りに上げてやる！

異様な興奮を覚えながら、伊之助が刀を大きく振りかぶった時だ。

ぴー、ぴーっ！

甲高い笛の音がした。

これは呼子か？　捕り手達への合図か？　ということは、「御用」のちょうちんを掲げて、闇の向こうからいっせいに捕り手達が駆けつけてくるかもしれない！

そうなったら多勢に無勢。捕らえられてしまうだろう。

伊之助はたちまち気をくじかれた。力が抜け、恐れがわきあがってくる。そうなってしまっては、もうだめだ。戦うことなど頭に浮かばず、ただ逃げることだけに思考がいってしまう。

「う、うわああっ！」

一番に逃げだしたのは、なんと藤治郎だった。年長者として、ここまで仲間を引っぱってきた男が、必死の形相で敵に背を向けたのだ。

その姿に、伊之助も左門も、我もとばかりにあとに続こうとした。倒れた辰之丞のことなど、眼中になかった。

「うぬっ！　待て！」

ぶんと、重たい音がして、左門の後頭部に十手がぶち当たった。

自分の横を走っていた左門が声もなく倒れるのを見て、伊之助はいっそう怖くなった。

いやだ。捕まりたくない。絶対にいやだ。

無我夢中で逃げようとしたが、すぐに足音が肉薄してきた。

だめだ。捕まる。

そう思った時だ。

「そのまま行かせておやりよ、またたび旦那。二人捕まえたんだから、もう十分じゃないか」

なぜか落ちつき払った女の声がした。

その声に虚を衝かれたかのように、伊之助に迫っていた足音が止んだ。

千載一遇の好機とばかりに、伊之助は走った。

暗闇の中、肺が破れそうになるほど走り続けて……。

ついには、どおっと倒れこんだ。

もはや自分がどこにいるのかわからなかった。が、どうやらちょっとした小山の中のようだ。辺りには湿った土と松葉の匂いがする。

全身の感覚を研ぎ澄ませてみたが、追っ手の気配はまったくなかった。どうやら逃げ切れたようだ。

ほっとしながら、伊之助は身を丸めた。今更ながらに、仲間達のことが思い出され、涙が出てきた。

あと少しだったのに。あと少しで、みんなで笑って故郷に帰れたのに。

藤治郎はわからないが、恐らく、左門と辰之丞は捕まったことだろう。あの二人はしゃべるだろうか？　自分達のことを、やってしまった罪を白状してしまうだろうか？　ああ、そうなったらお終いだ。どうする？　これからどうしたらいい？　考えろ。考えるんだ。

だが、考えは何一つ浮かばず、かわりに恨み言がこみあげてきた。

「俺は悪くない。悪くないんだ。どうしてこんなことになってしまうんだ。……ちくしょう。ちくしょう！」

泣きながらつぶやいていた時だ。

かさり。

足音がした。

伊之助はぎくりとして、自分の口を押さえた。今のはかなり近かった。知らないうちに、誰かが近づいてきていたようだ。

誰だ？　追っ手か？

身構える伊之助に、足音はまっすぐ近づいてきた。そして、その姿を現わした。

ぬうっと、月明かりに浮かびあがったのは、首のない大男だった。

仲間だったかと安心しかけたところで、伊之助は思いだした。

おかしい。今夜首なし鬼に扮するのは、自分だ。他の三人は、普段どおりの姿でいるはず。それによく見れば、この男は蓑をかぶっていない。筋骨隆々とした体につけているのは、腰に巻いた熊皮だけだ。そして、両胸に赤く光る目がついている。

石のように固まる伊之助に向けて、異形のものは右手を差しだしてきた。その手には、藤治郎の首が載っていた。顔を歪ませ、かっと目を見開いた藤治郎は、恨みに満ちた目で伊之助を睨んできた。

「きゃあああっ！」

甲高い悲鳴をあげる伊之助に、首なし鬼はゆっくりとのしかかってきた。

翌日の昼頃、同心岩田金吾はふたたび化け物長屋のお百を訪ねた。

炬燵に入ってごぼうのきんぴらと漬物で飯を食べていたお百に、まずは報酬の二分を払ったあと、金吾は静かに言った。

「昨夜捕らえた男二人のことだが、今朝、牢で死んでいるのが見つかった」

「………」

「自死ではない。どちらも首がなくなっていたからな。それに……刃物ではなく、無理やり力任せに引っこ抜いたような傷口だった。あれは人にできることではない」

「ふうん」

ぽりぽりと、興味なさそうに漬物をかじるお百。

金吾に茶を煎れる焦茶丸も無表情だ。

二人のとってつけたような態度に、金吾は自分の考えが当たっていると確信した。

だが、そのことについては触れず、言葉を続けた。

「じつはな、他に仲間がいたということは、まだ誰にも言っておらんのだ。これからじっくりと取り調べ、仲間の居所や殺しの理由を聞き出すつもりだったからな。

だが、二人が死んで、それもできなくなった。説明のつかぬ怪奇だが、とりあえず首なし鬼という通り名で人殺しをしていた二人組は死んだ。そう広めるつもりだ。……それでいいんだな？」

「ああ。きっと逃げた二人もさ、ろくな目にはあっていないだろうさ。とりあえず一件落着ってことにしておしまいよ。……もう首なし鬼は出ないだろうから」

「お百の千里眼というわけか。いいだろう。信じるとする」

ふっと、金吾は小さく笑った。

「しかし残念だ。やつらがどうしてあんなことをしでかしたのか、とうとうわからずじまいになってしまったな」

「ふん。片づいたんだから、それはそれでいいじゃないか。さて、支払いもすんだことだし、とっとと帰っておくれ。あんたの話を聞いてると、飯がまずくなる」

「わかったわかった。おとなしく退散するとしよう。では、またな、焦茶丸」

「はい、またたび旦那」

「……その名はやめてくれ」

ちょっとがっくりした顔をしながら、金吾は化け物長屋をあとにした。

路地を抜け、表通りに出ると、急に空気が軽く、明るくなったような気がした。

これはいつものことだ。やはり、化け物長屋一帯は得体の知れないものが渦巻いているらしい。

金吾は思わず足を止め、空を見上げた。

寒風に掃き清められたかのように、空は高く、どこまでも青かった。お百の目のようだと、金吾は鼻をこすりながら思った。

正直なところ、まだ納得のいかないことはいくつもある。下手人二人の不可解な死はもちろん、その身元、理由もわからぬままだ。

それに、昨夜のお百の言葉だ。

三人目の下手人を追いかける金吾に、「そのまま行かせておやりよ、またたび旦那。二人捕まえたんだから、もう十分じゃないか」と言って、止めてきた。あれは、まるでわざと下手人を逃がそうとするかのような言葉だった。

いったいなぜなのか。

知りたいという気持ちはあるが、尋ねても、お百は何も答えてはくれないだろう。だから、金吾はおとなしく引き下がることにしたのだ。

なにより、金吾はお百のことを信頼していた。あのお百が「それでいい」と言ったのだ。その言葉どおり、これ以上首なし鬼の犠牲者が出ることはないだろう。

「……それでいい。それでいいんだ、今は」

自分に言い聞かせながら、金吾はふたたび歩き出した。

一方、化け物長屋のお百の部屋では、焦茶丸が不満げに頰を膨らませていた。

「お百さんときたら、ほんとにもう。よくもまあ、しゃあしゃあと謝礼をもらえたもんですねぇ」

「なんだい？　何が不満だってのさ？」

「だって、またたび旦那をだましてるみたいじゃないですか。ちゃっかり二分ももらっちゃって。だいたい、最初に言うべきでしたよ。首なし鬼の下手人捜しの依頼は、もう引き受けてあるって」

「で？　続けて言うのかい？　依頼してきたのは、本物の首なし鬼だって」

そう。岩田金吾が訪ねてくる前の日の夜、なんと本物の首なし鬼がお百のもとにやってきたのだ。

首なし鬼はいたく怒っていた。

人間に名を騙られるなど、あやかしの恥。到底許せることではない。ぜひとも下手人を見つけて教えてほしい。

そう言って、首なし鬼は金がじゃらじゃら入った袋を差しだしてきた。おおかた、行き倒れの旅人の懐から抜き取ったものなのだろう。

だが、お百は頓着せずに受け取った。金は金だ。しかも、ざっと数えてみたところ、十両近くある。断る理由がなかった。

引き受けたと答えるお百に、首なし鬼は小さな竹笛を渡した。下手人を見つけたら、これを吹いて知らせてくれと。

その頼みどおり、お百は昨夜笛を吹いたわけだ。

「ふん。どうやら首なし鬼は恨みを存分に晴らしたようだね」

「まあ、当然の報いですよね」

つぶやく焦茶丸に、おやと、お百は目を見張った。

「お優しいあんたにしては、ずいぶん薄情な物言いだねぇ」

「だって……あの四人組がしてたのはひどいことだもの。……どうしてあんなことをしてたのか、お百さんは見当がつきますか？」

「いいや。外道どもの考えることなんて、見当をつけたくもないね。どうせくだらなくて、底の浅い理由に決まってるさ。さ、あいつらのことなんて、もう考えるのはやめよう。それより、この二分でさ、今夜はぱあっと贅沢しないかい？　どじょう鍋でもつつきに行かないかい？」

「てことは、断じてまたたび旦那にお金は返さないと？」

「誰が返すもんか。もらえるものはなんでもいただく。一度いただいたものは絶対に手放さない。それがお百様の主義だよ」

「……清々しいほどの強突く張りですねぇ。これで無駄遣いさえしなければ、千両だってあっという間に貯まりそうなのになぁ」

残念だと、焦茶丸はこぼした。

三

海と浜辺が見えた。

海は暗く荒れていて、灰色の狼の群れのように波が暴れている。その一方で、浜辺はどこまでも白く、穏やかで美しい。

対照的な二つの景色に驚き、仙次郎《せんじろう》は吸いよせられるように近づいていった。

と、波の中から、幼い少女が現われた。二つか三つくらいだろう。髪も粗末な着物もずぶ濡れで、唇は真っ青だ。

そして、なんとも痛ましいことに、その顔は傷だらけだった。鋭い爪か刃物にめちゃくちゃに引き裂かれたのだろうか。白い古い傷が顔全体を覆っている。

哀れな少女は、ふと、仙次郎に向かって手を差しだしてきた。まるで助けを求めるかのように。

この子を海から引き離さないといけない。さもないと、次の波に飲みこまれてしまう。

仙次郎は焦って駆けよろうとするのだが、踏みだした足が砂に沈んだ。そのままずぶずぶと、まるで蛇に飲まれるように沈みだす。

幼子が何か叫んだ。だが、聞き取れない。手を伸ばしても届かない。

「わあっ！」

自分があげた大声に、仙次郎は目を覚ました。

体中に汗をかいていた。胸の動悸がなかなかおさまらない。

「また……同じ夢だったねぇ」

苦くつぶやきながらも身を起こし、着替えて部屋の外に出た。たちまち、小豆を炊く匂いや、砂糖の甘い香りが鼻をくすぐってきた。

仙桃屋《せんとうや》。六十年続く菓子の老舗であり、庶民から大名筋に至るまで、幅広い層に贔屓《ひいき》されている千歳落雁《ちとせらくがん》が名物だ。

仙次郎はここの次男坊だった。だが、長男の仙太郎のように商売を教えられることもなく、職人達とまめに付き合うこともせず、二十五歳になった今でも毎日心ゆくまで朝寝坊し、親から小遣いをもらって、ぶらぶらと遊び暮らしている。

邪魔者扱いされることの多い次男坊が、こうも甘やかされているのには訳がある。

四年前、仙次郎は死にかけたのだ。仙次郎自身はまったく覚えていないのだが、どうも橋から川に落ちたらしい。その後、半月近く生死の境をさ迷い、ようやく目を覚ました時には、いくらか記憶を失ってしまっていた。

あれから四年が経とうというのに、いまだに調子がおかしかった。気力というものがわかず、自分が何をしたらいいかわからない。言いつけられた用事はきちんとこなせるのだが、そうしたことを自分で思いつくことができない。自発的に働くことがまったくできなくなってしまったのだ。

失った記憶もいっこうに戻らず、それどころか時折ひどい頭痛にも見舞われる。

そんな仙次郎を、家族はべたべたに甘やかした。特に、母親の多恵《たえ》は「無理をしなくていい」の一点張りだ。

「生きのびてくれただけで十分だよ。おまえはのんびりしておいで。店のことはこっちにまかせて、好きなことだけしておいで」

そう言いつけられたので、仙次郎はそうすることにした。

以来、ずっと昼行灯《ひるあんどん》だ。

その日も遅い朝餉《あさげ》をゆっくりと食べ、みんなが忙しく働いているのを尻目に出かけることにした。

小遣いをたっぷりもらっている仙次郎だが、女遊びや博打はいっさいやらない。仙次郎が好きなのは碁だった。だから、碁好きが集まる寄り合いに、せっせと顔を出しては対局する。

生ぬるい湯に浸かっているかのような、心地よくも退屈な日々の中、碁を打っている時だけは「生きている」と感じた。特に、手強い碁敵にまみえると、頭の中で考えが目まぐるしく駆けめぐっていく。その血のめぐりがよくなるような感覚が、なんともたまらなかった。

今日は茶店の雀屋の二階が、寄り合いの場となっていた。

二階の座敷にあがった仙次郎は、思わずにこりとした。

「ああ、銀子《ぎんこ》さん。待っててくれたんですね」

「もちろんさ。あんたと碁を打つのはいつだって楽しみだからね」

そう答えるのは、ちんまりと小柄な老婆だ。名を銀子といい、あちこちの長屋を取り仕切る大家だという。仕立てのいい渋い着物に、粋な羽織を肩にかけ、手には細い銀煙管《ぎんきせる》を持っている。しわだらけの顔は、品がいいのだが、その目は鋭く、凄みがある。とても老婆とは思えぬ迫力をかもしだしているのだ。

だからだろうか。この老婆が姿を現わすと、こそこそと他の者達が去っていく。急な腹痛になったり、用事を思い出したなどと言って。

だが、そういうことにすこぶる鈍い仙次郎には、この老婆はよき碁敵でしかなかった。それが銀子にも伝わるのだろう。今では仙次郎をすっかり気に入り、かわいがってくれている。

にこにこ笑いながら、仙次郎はいそいそと銀子の前に座った。ついでに、横にいる大きな男達にも挨拶した。

「こんにちは、辰吉《たつきち》さん、巳ノ助《みのすけ》さん」

碁を打っていた男達はこくりとうなずき返してきた。その顔は見分けがつかなかった。屈強な体つきから、無表情なところまで、そっくりな双子なのである。

この双子は銀子の孫達で、銀子の行くところ、どこへでも付き従うそうだ。知り合ってからずいぶん経つが、どちらが辰吉で、どちらが巳ノ助なのか、仙次郎にはいまだに区別がつかない。

仙次郎に、銀子は煙草の煙を吐きながら短く言った。

「今日は半刻ほどやれるよ」

「たった半刻ですか。銀子さんはいつも忙しそうですねぇ」

「ああ。なかなかね。あたしでしか片づけられない用事ってのが多いもんでね。だから早打ちで頼むよ」

「いいですとも」

ぱちぱちと、二人は碁石を打ち出した。長考することなく、すばやく手を打っていく。

だが、夢のことが頭にちらつくため、今日の仙次郎は集中力を欠いていた。立て続けに負ける仙次郎に、銀子があきれたように切り出してきた。

「仙ちゃん。あんた、なんか悩み事でもあるんじゃないかい？」

「え？」

「あんたにしちゃ、今日は馬鹿な手ばかり打ってくる。頭の中がぐちゃぐちゃってのが、この碁盤を見ているだけでわかるよ。どうしたんだい？」

「いえ、まあ……夢を繰り返して見るのが、ちょっと気になっていまして」

「夢？」

「はい。このところ毎晩、同じ夢を見るんです。悪夢ってわけじゃないんですが、どうにも気持ちが悪いというか」

仙次郎はぼそぼそと、その夢のことを話した。

「というわけなんです。……相手はまるで見覚えがない子なんですが、向こうはこちらを知っている。それがはっきりわかるんです。あたしのことを知っていて、その上で助けを求めてきている。それがどうにも落ちつかなくて。それに繰り返し同じ夢を見るなんて、今までなかったので、どうしたのかなと思いまして」

「ふうん。……夢ってのは、けっこう馬鹿にできないもんだよ。どうだい？　その夢の謎解きをしたいかい？」

「そりゃしたいですけど。なんです？　易者のところにでも行って、占ってもらえって言うんですか？」

「馬鹿をお言いでないよ。この銀子さんは占いなんかに頼りゃしない。もっと確かな手を使うのさ」

かんと、煙管の灰を落としたあと、銀子は横の双子のほうを向いた。

「辰や。悪いが、お百を連れてきておくれな」

双子の片割れがこくりとうなずき、さっと立ち上がって、座敷から出て行った。

そして、しばらくして女を一人連れて、戻ってきたのだ。

年増の、化粧っ気のまったくない女だった。目が悪いのか、左目には黒い眼帯をあてている。すっきりとした細面はなかなか整っているが、今は汗でびしょびしょだ。はあはあと、胸がやぶれてしまいそうな息をついているところを見ると、相当急いで駆けつけてきたらしい。

「お、お、大家さん。あ、あたしに、な、なんかご用ですか？」

あえぎながら言う女に、銀子はあきれたように言葉を返した。

「なんだい。今にも死にそうな有様じゃないか。酒ばっかり飲んで、家の中でだらだらしてるから、そういうことになるんだよ。ちっとはうちの孫達を見習ったらどうだね？」

確かに、一緒に座敷に入ってきた辰吉は、汗もかいていなければ、ほとんど息もあがっていない。だが、この屈強な男を例にあげるのは、ちと酷ではないかと、仙次郎は思った。

と、銀子は仙次郎を見た。

「仙ちゃん。これはお百。あたしの店子で、『失せ物屋』をやっている。ちょいと不思議な力を持ってるから、もしかしたらあんたの夢解きもできるかもしれない」

「ほ、ほんとですか？」

「ああ。ってことで、どうだい、お百？　やるよねぇ？　引き受けるよねぇ？」

銀子のまなざしを受け、お百と呼ばれた女は、がくがくと、音がしそうなほど首を縦に振った。

「やります！　なんだかよくわからないけど、大家さんの頼みを断れるわけ、いいえ、と、とにかくやらせていただきますとも！」

「そうこなくちゃ。かかった手間賃と代金は、あたしのほうに回しておくれ。じゃ、あたしはここらで帰る。あとは二人でよく話し合って、いいようにしとくれよ」

小さな体をきびきびと動かし、銀子は座敷から出て行った。大きな双子もそのあとに続く。

そうして、座敷には仙次郎と女の二人きりとなった。

どはっと、お百が大きく息を吐き出した。

「ああもう！　銀子ばあさんが呼んでいると言われた時は、心ノ臓が止まるかと思ったよ。……よかった。なんか怒らせたかと、冷や冷やした。ああ、ちくしょうめ。人騒がせなばばあだよ」

そんなことをつぶやきながら、そこに置いてあった仙次郎の茶を勝手にごくごくと飲むお百。態度も言葉づかいもがらりと伝法《でんぽう》になっている。どうやら銀子の前では猫をかぶっていたらしい。

こういう女を相手にするのは初めてだったので、仙次郎はちょっと戸惑いながらも、そっと言った。

「そうですか？　銀子さんはとても優しいおばあさんだと思いますが」

「……あんた、じつはけっこうな大物なんじゃないかい？」

化け物でも見るような目で見られ、仙次郎は首をかしげた。そんな仙次郎に、お百は肩をすくめた。

「ま、いいさ。ばあさんに言いつけられた以上、ちゃんとあんたの悩みは解決しないとね。そうじゃないと、あたしが生皮を剝がれちまう。で？　何を困っているって言うんだい？」

「あ、はい。じつは、毎晩同じ夢を見るんです」

仙次郎はできるだけ詳しく夢のことを話した。

「同じ夢を毎晩見る。ただそれだけなんですけど、どうにも気になるんです。特に、夢に出てくる女の子が……おかしなことを言うと思うでしょうけど、あたしはあの子を助けたいんですよ」

お百は笑わなかった。むしろ、まじめな顔でうなずいたのだ。

「ふうん。銀子ばあさんが言いつけてくるから、どんな厄介な話かと思ったけど、それならまあ、なんとかなるかな。……あんた、このあと暇かい？　暇なら、ちょいとあたしのところまで来てほしいんだけど」

「いいですけど、どうしてです？」

「ここだと落ちついて仕事ができないからさ。さ、行こう。えっと、名前は……」

「仙次郎といいます」

「ふうん。仙次郎さんか。もうわかってると思うけど、あたしはお百だ。……ところで、さっきから気になってたんだけど、あんたと銀子ばあさんってどんなつながりがあるんだい?」

「あ、はい。碁敵です」

「碁敵! あ、あんた、銀子ばあさんと碁を打つのかい? あのばあさんと向き合って?」

「はい。碁はそういうものでしょう?」

「……あんた、やっぱり大物だ」

今度はしみじみとした口調でつぶやいたお百であった。


そうして、仙次郎はお百に連れられ、化け物長屋に初めて足を踏み入れたのだ。

化け物長屋特有の不気味な気配にも、仙次郎は臆さなかった。ただのんびりと言っただけだ。

「長屋にしては静かなところですねえ。まるで人がいないかのようだ。お百さん、ここに住んでいて、寂しくなりませんか?」

「一応、一人で暮らしているわけじゃないからね」

「あ、旦那さんがいるんですか？」

「とんでもない。ただの居候の小僧だよ。ああ、ほら、そこがうちだよ」

お百が指差した部屋の戸が、ふいにがらっと開いて、中から小太りの男の子が飛びだしてきた。お百を見るなり、男の子はぶわっと涙をほとばしらせた。

「ああ、よかった！　お百さん、無事だったんですね！　か、体は大丈夫ですか？　どこも欠けたりとかしてませんよね？」

だが、飛びついてきた男の子の頭に、お百はごつんとげんこつを食らわせた。

「この薄情者！　そんなに心配なら、あとをつけてくるとか、何かしてくれてもいいじゃないか！」

「だ、だって、あの大家さんがいると思うと、とてもとても足が動かなかったんですよぉ。ああ、でもほんとよかった！　お百さんのことだから、てっきり大家さんを怒らせるような真似をして、それで呼び出されたんだと思いました。これはもう、五体満足では戻ってこないなと、おいら、心配してたんですよ」

「ふん。馬鹿だね。このあたしがそんなしくじりをするわけないだろ？　今回は仕事を頼まれたんだよ。ってことで、ほら、お客さんだよ。早く茶でも煎れておくれ」

「あ、はい」

あたふたと、男の子は部屋に戻っていった。

お百が仙次郎を振り返った。

「仙次郎さん。今のがうちの居候だ。焦茶丸って名前だよ。あの子のことは、そんなに気にしなくていいから。ま、入っておくれ」

「は、はい」

なんとも騒がしいやりとりに目を白黒させながら、仙次郎は上がらせてもらった。

貧乏長屋らしい狭い間取りだったが、中はこざっぱりと片づいていた。炬燵にも火が入っていて、ぬくぬくと温かい。ほっと息をつく仙次郎の前に、先ほどの焦茶丸が茶の入った湯飲みをささっと出してくれた。

「あ、これはどうも。ありがとう」

「いえいえ。……お客さん、いい人ですね」

「えっ?」

「だって、お茶を出しただけで、お礼を言ってくれるなんて。どっかの誰かさんとは大違いですよ」

なにやら含んでいる焦茶丸の言葉に、けっと、お百が声をあげる。

「茶くらいで礼を言ってちゃ、ありがたみも失せるだろうがさ。ここぞという時はちゃんと言ってんだから、それでいいだろ？　さ、もう引っこんでな」

焦茶丸を部屋の隅へ追いやったあと、お百は仙次郎をまっすぐ見た。

「それじゃ仙次郎さん。これからあんたには眠ってもらう」

「え？」

「例の夢を見てもらうのさ。ただし、今回はあたしも一緒に、その夢の中に入る」

「そ、そんなこと……」

「できるんだよ。あたしにはね」

そう言いながら、お百はつけていた眼帯をはずしたのだ。現われた青い青い左目に、仙次郎は息をのんだ。

「……きれいですね」

「……あんた、やっぱり変わってる」

まんざらでもない顔をしながら、お百は仙次郎の両手を取り、細い指をからみつかせた。そうしてぐうっと身を寄せた。

ほとんど顔が触れ合わんばかりに近づかれ、仙次郎は柄にもなく胸がどきどきした。お百の青い目から目が離せない。こちらを飲みこまんばかりの青い深みに、飛びこんでしまいたいという心地になる。

その心を読んだかのように、お百がささやいた。

「いいよ。あたしの目を泉だと思っておくれ。で、飛びこむ自分を思い浮かべて。できるね？　そして夢の中の女の子に会いたいと願うんだ。さあ、おいで。……おいで」

最後の声はとても甘かった。

誘われるように、仙次郎は自分の心を飛び立たせた。

そうして……。

気づいた時、仙次郎はあの夢の中にいた。目の前には白い砂浜と荒れた海が見える。ただいつもと違うのは、仙次郎の横にお百が立っていたことだ。本当に自分の夢の中に入ってきたのだ。

驚きで声も出ない仙次郎には見向きもせず、お百はじっと海を見ていた。

「妙な景色だねえ。浜辺はきれいで日が当たっているのに、海は荒れてて暗い。まるで昼と夜に分けられているみたいだ」

「お、お百さん……これから、どうするんですか？」

「どうするもこうするも、まずはその女の子とやらをこの目で見ないことには……

ああ、あれか」

お百の言葉どおり、波間からあの少女が姿を現わした。傷だらけの顔に悲しみを浮かべ、痛々しく体を震わせながら、仙次郎に向かって手を差しだしてくる。

それを見たとたん、仙次郎はいつものように頭が真っ白になった。

助けなくては。

お百がいることも忘れ、仙次郎は海に向かって突進していった。だが、またしても足が砂に捕らえられてしまった。必死でもがけばもがくほど、ずぶずぶと砂に体が沈んでいってしまう。まるで蟻地獄だ。

またためなのかと、絶望しながら仙次郎は少女を見た。

むごたらしい傷に覆われた、幼い小さな顔。すがるようなまなざし。凍えて真っ青な唇がかすかに動いている。何か言っているのだ。せめて言葉だけでも聞き取ろうとするのに、波の音に邪魔されて届かない。

この時、お百が動いた。砂にはまった仙次郎の横をすたすたと通りすぎ、波間の少女へと近づく。そうして二言、三言、言葉を交わし、何かを受け取って、仙次郎のもとへ戻ってきた。

「お、お百さん！」

「あの子の目的がわかったよ。……見つけてくれってさ」

「見つける？　何をです？　ああ、そんなことより、早くあの子を水から引っぱりだしてやってください！　次の波が来てしまう！」

「……救えないんだよ。あの海の水は、黄泉のものだ。あの中にいる者を引っぱりだすことは、あたしにも無理だ」

「黄泉？」

「いい加減、気づいてもいいと思うんだけど。銀子ばあさんのことといい、あんたは本当に鈍い人なんだね」

「なんのことを言って……あっ！　あああっ！」

仙次郎が悲鳴をあげた時には、少女は波の中に飲みこまれていた。

だが、お百はまったく動じず、仙次郎と海との間に割りこむようにして立った。

「さあ、もうあっちは気にしなくていいから。それより、これに見覚えはあるかい？」

お百の手の平には、薄紅色の桜貝があった。ひとひらの花びらのようなそれを見たとたん、仙次郎の頭の奥が激しく痛んだ。

「う、つぅぅ！」

痛みに、仙次郎は目を覚ました。

自分がどこにいるのか、すぐには思い出せなかった。とにかく頭が痛い。ぐつぐつと、脳味噌が煮えているかのようだ。

そんな仙次郎に、すばやく焦茶丸が水を持ってきてくれた。水を飲むと、ありがたいことに痛みもおさまってきた。

あえぎながら、仙次郎はお百を見た。

お百のほうも、ごくごくと水を飲んでいた。夢の中に入るというのは、不思議な目を持つお百でも疲れることのようだ。目の下には、先ほどまでなかった隈がうっすら浮かんでいる。

仙次郎はきょろきょろと辺りを見回したが、お百が見せてきた桜貝は見当たらない。いや、考えてみれば、当たり前のことだ。夢の中に出てきたものを、現に持ち帰れるわけがないのだから。

それでも、あの桜貝のことが気になってたまらず、仙次郎はついに口を開いた。

「あの桜貝は……」

「ああ、あれ？　あの子が渡してきたんだよ。探してほしいものの手がかりのようだね」

「……桜貝が、手がかり？」

「それに、一つはっきりわかったよ。あれはただの夢じゃない。あの世の者の心残りだ」

「あ、あの世ですって？」

「ああ。あんた、死者に魅入られているんだよ」

死者と聞いて、後ろにいた焦茶丸がぴょんと跳ねた。その顔が見る間に青ざめていく。

仙次郎も青ざめた。

「あの子は……死者の魂だというんですか？」

「ああ。でも、悪霊とかではなさそうだから、お祓いの必要はないと思う。ただ、あんたに頼みたいことがあって、それで夜な夜な夢に出てきているんだろう」

「頼みって、桜貝を見つけろってことでしょうか？」

「それはまだわからない。……どうもね、あの子はあんたとつながりがあるようだよ。本当に見覚えのない子なのかい？」

「……わかりません」

「わからない？　知らない、じゃなくて？」

「……あたしは、少し記憶が欠けているんですよ」

数年前に溺れ死にしかけたこと、いくらか記憶を失ってしまっていることを、仙次郎は打ち明けた。

話を聞き終わるなり、ばしんと、お百は苛立たしげに膝を叩いた。

「なんでそれを早く言わないんだよ！　知っていたら、先にその失せた記憶を見つけておいたのに。ああもう！　面倒だが、しかたないね。ほらほら、あたしの手をさっきみたいに握って。で、同じように目を見るんだ。ただし、今度は夢のことか余計なことはいっさい考えないでおくれ。ただ、あたしの目だけに集中するんだ」

そうしてふたたび、仙次郎はお百の青すぎるほど青い目をのぞきこむことになった。しんしんと、深い青がこちらに染みてくる。あっという間に心を飲みこまれ、仙次郎はしばし静寂の中を漂った。

と、その静寂が破られた。

「ほら、仙さん。見て。桜の花びらよ。どこかから風に吹かれて、飛んできたのねぇ」

笑いを含んだ、柔らかな女の声。

懐かしいと感じた次の瞬間、うわっと、視界が開けた。

そこは小さな座敷の中だった。しどけない襦袢《じゆばん》姿の若い女が、窓のところにいて笑っている。その手の平には、桜の花びらが一枚あった。

「ほら、仙さんってば。見てちょうだいな」

「どれどれ」

仙次郎は素っ裸のまま女に近寄り、花びらをのぞきこんだ。そうしながら、女の腰に腕を回し、引き寄せる。

女がくすくす笑った。

「ふふふ、仙さんったら」

「いいじゃないか。誰にも見られたりしないよ。……きれいだねぇ。あたしは桜が大好きなんだよ。……娘が生まれたら、さくらって名前をつけてやりたいねぇ」

「さくら？　ふふ、ずいぶんとしゃれた名前だこと。その子がおかめな顔をしてたら、名前負けして、かわいそうなことになりそうね」

「そうはならないさ。だって、あたしと小雪《こゆき》の娘なんだ。絶対べっぴんになるに決まってる」

女の顔からさっと笑みが消えた。逃げるように身を離そうとしてきたが、仙次郎は腕に力を入れ、決して離さなかった。

「仙さん……」

「大切にする。大切にしたいんだ。……こうして時々、慌ただしく逢うだけじゃ、もう耐えられないんだよ。一緒に逃げておくれでないかい？」

「……あの人に知られたら、殺される」

「どのみち、こういうことはいずれ知られてしまうものだよ。だから、殺される前に逃げよう。鎌倉《かまくら》の由比ヶ浜《ゆいがはま》に、あたしの親戚がいる。そこにいったん身を隠そうよ。……あたしもまだ行ったことはないんだけど、いいところだそうだよ。由比ヶ浜にはね、桜貝が流れ着くそうだ。海の桜の花びらを、一緒に拾って集めようよ。子供を作ってさ、ちゃんと夫婦になろうよ。女房にするなら小雪しか考えられない。後生だから」

かきくどく仙次郎に、女は涙を浮かべ、すがりついてきた。それをしっかりと抱きしめながら、仙次郎はささやいた。

「もうずっと考えていたんだよ。どうしたら無事に逃げられるだろうって。……三日後の夜、大瀬橋《おおせばし》のところに来ておくれ。そこで履き物と着物を脱いで、川に投げこむ。心中したように見せかけるんだ。あの男がどんなに執念深くたって、死んだ者を追いかけることはできないからね。きっとあきらめるさ。あとはほとぼりが冷めるまで、由比ヶ浜でじっとしていればいい。大丈夫。きっとうまくいくよ」

「……うん。うん」

「さあ、もう泣かないで。ね？」

仙次郎が口づけしようとした時、ふわりと、女の体が空気に溶けた。

はっとして周りを見れば、いつの間にか夜になっていた。仙次郎は一人、暗い橋の上に立っていた。

そうだ。小雪を待っているのだ。今夜、ここで心中をしたように見せかけて、二人で逃げる。懐には店から持ち出した二十両も入っている。なにもかも計画どおりだ。あとは小雪が来てくれればいいだけだ。

興奮と怯えに震えながら、仙次郎はひたすら待った。

と、闇の中から低い声が聞こえてきた。

「……こんばんは、ぼっちゃん」

橋の向こうから現われたのは、仙次郎がこの世で最も会いたくない男だった。

金貸しの権八《ごんぱち》。気性が荒く、金に汚く、裏社会の者どもとのつながりも深いという。これと見こんだ獲物はしゃぶりつくすまで離さないことでも有名だ。この男のせいで死んだ人間は、二十ではきかないはず。

だからだろう。今年で三十二歳という男盛りで、しかもなかなかの男前でありながら、権八にはどこかぞっとするような気配がまとわりついている。

権八は橋を渡って、一歩ずつ仙次郎へと近づいてきた。顔には薄ら笑いが浮かんでいるが、目は青白く殺気を宿し、ぎらぎらしている。一瞬だが、仙次郎はなまぐさい血の臭いを嗅いだ気がした。

逃げたほうがいいと、心が泣き叫んでいた。だが、体はすくみ、指一本動かせない。

とうとう権八は目の前にまでやってきて、蛇のように首を前に出し、仙次郎をのぞきこんできた。

「俺の女に手を出すたぁ、ずいぶんと虚仮《こけ》にしてくれたじゃねぇか。え、ぼっちゃんよ？　なよっちい小僧のくせに、ふざけやがって。……ばれないとでも思ったのかよ？　どういうつもりだったのか、言い分があるなら聞こうじゃねぇか」

こちらをなぶるような声に、仙次郎はふいに怒りを覚えた。恐怖をねじ伏せ、相手を睨みつけた。

「も、もともと、小雪とあたしは好き合っていたんだ。それを、親の借金のかたにって、あんたが無理やり妾にしたんじゃないか！」

「そうさ。それがどうした？　もうあいつは俺のものになったんだよ。それを未練がましく盗み食いしやがってよぉ。……許せねえよ。てめぇも、小雪も」

小雪の名を出され、仙次郎ははっとした。にたにた笑う権八の顔には悪意が満ちている。それまでとは違う恐怖がわきあがってきた。

「こ、小雪はどこです？」

「ん～？」

わざとらしく、権八は自分のあごをこすった。そのいやらしい笑いが深くなる。

「小雪は俺のお気に入りで、まだまだ食い足りねえところだったがね。さすがの俺も誰かのつばがついたもんには手を出す気にもならねぇ。ま、こうなっちまったらしかたねぇと、あいつの顔を切り刻んでやったよ」

「か、顔を……」

「最初こそひいひい泣いていたが、しまいにゃ死んだみたいに黙って動かなくなっちまってよ。もうなぶりがいもねえから、川に放りこんでやった。かわいそうになぁ。それもこれも、全部てめえという間男のせいだぜ、ぼっちゃんよぉ」

「……あ、あぁ」

力が抜け、仙次郎はその場にへたりこんだ。

死んだ。小雪が死んだ。顔を刻まれて、川に放りこまれて。助けられなかった。

一緒に幸せになるはずだったのに。こんなことなら、下手な小細工など考えず、無理やりにでもさらって逃げてしまえばよかった。どこで間違った？　どうしてどうして！

混乱のあまり涙も出ない。

そんな仙次郎の背後に、権八が回りこんできた。

「小雪を投げこんだのは、この川の下流でだ。今頃、寒い、寂しいって、水の中で泣いてるだろうよ。一人で逝かせるのはかわいそうだ。そうだろ？　ぼっちゃん、追いかけてやりねぇ。間男だったんだからよ。そのくらいの誠を見せてくれよ」

権八は自分を川に突き落とす気だ。

そう気づいたとたん、なにもかも忘れて、仙次郎ははじかれたように立ち上がった。その勢いのまま、権八につかみかかった。

「何をしやがる！」

「よ、よくも！　よくもぉ！」

「離せ、このやろ！」

普通なら、荒事に慣れている権八に、仙次郎が敵うはずもなかった。だが、小雪を殺されたと知った今、自分でも驚くような力が仙次郎の中からわきでてきた。

こいつをこのまま生かしておいてはいけない。

その一心で、権八の体を羽交い締めにし、じりじりと橋の際へと引きずり出した。

こちらをなめきっていた権八の顔に、初めて恐怖が浮かんだ。

「お、おい、てめぇ！　ふざけんな！　やめろ！」

「………」

「悪かった！　俺が悪かったからよ！　ちょ、ちょっと落ちついて。う、うああああっ！」

無言のまま、仙次郎は体をそらし、権八ごと橋から身を投げた。

水に落ちたあとも、歯を食いしばって権八を離さなかった。

死ね！　早く動かなくなれ！

願いが通じたかのように、激しく暴れていた権八の動きが鈍くなり、ついにはぐんにゃりと力が抜けるのが伝わってきた。

だが、その時には仙次郎も限界だった。すでにしこたま水を飲んでしまっていた。

水はどこかしょっぱくて、小雪の涙の味がした。

会いたい。会いたい。小雪、あたしはここだよ。いるなら、迎えに来ておくれ。じゃなきゃ、あたしが迎えに行くから。どこにいるんだい？

そんなことを考えているうちに気を失った。

だが、仙次郎は死ななかった。運よく川の岸辺へと流れ着いたのだ。

家族による手厚い看病によって、ついに仙次郎は目を覚ました。小雪にまつわる記憶を全て失った、ただの菓子屋の次男坊として目を覚ましたのだ……。

「お、おおおお……」

うめき声をあげながら、仙次郎は畳の上にうずくまった。

激しい頭痛の渦の中から、ぐんぐん鮮やかに記憶が蘇ってくる。それはさながら鉄砲水だ。

小雪。そうだ。愛した女。小さな茶店の看板娘で、一目会った時から夢中になった。だが、親の借金のかたとして、自分の目の前でさらわれていった。どうしてもあきらめきれなくて、権八の目をかいくぐって、何度も逢瀬をした。そして、今度こそ奪い返そうと決めたところで、また失ってしまった。

苦しくて、涙が出た。

一方、仙次郎から離れたお百も苦しそうだった。左目を押さえ、顔をしかめている。焦茶丸がそっと濡れた手ぬぐいを差し出すと、すぐにそれを自分の左目に押し当てた。

「大丈夫ですか、お百さん？」

「ああ。いつものことさ。力を使いすぎて、目がじくじくする」

「あの、こっちのお客さんは……」

「まあ、もうしばらく放っておきな。……あたしも見たけど、思い出した記憶は気持ちのいいものばかりではなかったからね」

お百の声には哀れみがかすかににじんでいた。

お百が言ったとおり、仙次郎が自分を取り戻すのには、しばらく時がかかった。だが、目を赤く腫らしながらも、仙次郎はついに顔をあげ、お百と向き合った。

「どうも、ありがとうございました」

「少しは落ちついたかい」

「ええ。どんなことがあったにしろ、やっぱりこの記憶を取り戻せてよかったと思います。……あいつは……権八はどうなったんでしょう？」

「ああ、それなら心配いらない。あいつなら、四年前に水死体で見つかったからね。……あんた、やりとげたんだよ」

「……そうでしたか」

権八の死を聞いても、嬉しさはいっこうに感じなかった。小雪を助けられなかったという後悔ばかりが広がっていく。

うなだれている仙次郎に、お百が思い出したように言った。

「あたしはね、人殺しや化け物のことをとりあげた瓦版はちくいち読んでいて、それを全部覚えている。権八のことも、瓦版で知ったんだ。極悪非道の金貸しについに天罰がくだったと、瓦版におもしろおかしく書いてあったからね。……でも、顔が刻まれた女の死体のことは読んだ記憶がない」

「えっ？」

その言葉の意味することは？　小雪は生きているかもしれないということか？

一瞬、胸が躍ったものの、仙次郎はすぐに思い出した。

「……夢の中の女の子は、小雪なんですよね？」

「ああ、たぶんね」

「じゃあ、やっぱり死んでいるってことですね。……あたしは結局、役立たずの間男のままだったわけだ」

「でも、さっきも言ったけど、小雪さんはあんたのことをひとかけらも恨んじゃいないよ。四年も経って、こうして夢枕に立つようになったからには、何か理由があるはずだ。……愛した女の最後の頼み、男だったら聞き届けてやったらどうだい？」

もちろんだと、仙次郎は大きくうなずいた。

「もちろん、そうしてやりたいです。でも、何をどうしたらいいのか」

「ああ、ほんとじれったいね。夢の中で、あの子は桜貝を渡してきたじゃないか。そして、四年前、あんたは小雪さんになんて言った？　由比ヶ浜には桜貝もいっぱいあって、一緒に拾おうって言ってただろ？」

「由比ヶ浜！　ああ、そうか！　それじゃ、そこに何か小雪の心残りがあるってことですね？」

「ま、そう考えるのが妥当だろうよ」

それならと、仙次郎は勢いよく立ち上がった。

「行きますよ！　明日にでも発ちます！　あ、お百さんも由比ヶ浜まで一緒に来てくれますか？」

「ええっ？」

お百は思いきり顔をしかめた。

「やだよ。あたしゃ旅は嫌いなんだ。歩くと疲れるし、金もかかるし」

「もちろん、旅にかかるお金は全部こっちが出します。なんだったら、駕籠《かご》に乗っていきましょう」

「……夜は旅籠《はたご》に泊まって、酒もつけてくれるかい？」

「もちろんです」

「それじゃ行くよ」

ころりと、お百は機嫌良く言った。

「あ、焦茶丸。おまえは留守番だよ。なんたって、今回はあんたの苦手な幽霊がらみだ。一緒についてきても、きっとろくなことはないよ。ここに残って、のんびりしてればいいよ」

珍しく優しく言うお百に、焦茶丸はじろりと冷たい目を向けた。

「そんなこと言って、おいらの目の届かないのをいいことに、お酒をたらふく飲むつもりですね。あ、仙次郎さん、お願いですから、お百さんがお酒をほしがっても、お銚子二本までにしといてください」

「あ、このやろ！　余計なこと言うんじゃないよ！」

お百は怒って、焦茶丸に濡れた手ぬぐいを投げつけた。

だが、そんなやりとりも、仙次郎の目には映っていなかった。心はすでに由比ヶ浜へと飛んでいた。

由比ヶ浜に小雪が残したものがある。それがどんなものであれ、この両手ですくいあげ、受けとめよう。小雪を救えなかったことへのせめてもの罪滅ぼしだ。

「今から行くよ、小雪」

仙次郎は小さくつぶやいた。


数日後、仙次郎とお百は鎌倉の由比ヶ浜に立っていた。

なだらかに続く長い浜辺に、白波を立てる海の上には海鳥が飛んでいる。沖には江ノ島が見え、風光明媚なことこの上ない。

潮風を受けながら、仙次郎は少し感動していた。

旅の間は、一度もあの夢を見なかった。だが、こうして由比ヶ浜に着いてみて、改めてわかった。やはり、小雪はここに仙次郎を呼び寄せたかったのだろう。これで海が暗く荒れていたら、まさに夢に出てきた光景そのものだ。

「着きましたね、お百さん」

「そうだね」

お百の声はいつも以上にそっけない。昨日、こっそり深酒をして、少々二日酔いのようだ。

気分も機嫌も悪そうな顔をしているお百に、それでも仙次郎は尋ねた。

「これからどうします？」

「少しは自分の頭で考えなよ」

「……えっと」

「ああ、もういい！　あたしはあそこで魚を干してるおかみさん達に、聞きこみしてくるから。あんたはあんたで、そこらのがきを捕まえて、小雪さんのこと聞いてみな」

「子供にですか？」

「そうさ。子供ってのは侮れないよ。色々見てるし、よく知っている。でも、あたしゃがきには好かれないたちでね。あんたにまかせるとする」

ずんずんと、まるで仙次郎を見捨てるような足取りで、お百は女達がいるほうへと行ってしまった。

仙次郎はちょっと心細くなりながら、浜辺を歩き出した。

ちらほら子供の姿があった。波間を駆けたり、小魚を追いかけたりして遊んでいる。すばしっこく走り回っている子は捕まえられそうになかったので、仙次郎は一番近くにいた女の子に近づいた。

その子はぽつんと一人きりで、しゃがみこみ、砂を掘っていた。たぶん、あさりでも探しているのだろう。歳は三つかそこらか。漁村の子らしく、粗末な着物を着ていて、肌は日に焼けて真っ黒だ。

こちらの足音に気づいたのか、その子は顔を上げた。剝き出しの足や腕と同じく、顔も黒々としていた。でも、その顔立ちはかわいらしかった。なにより、仙次郎を夢中にさせた女の面影がはっきりあったのだ。

あまりの衝撃によろめきながらも、仙次郎はなんとか前に進み、子供の前に膝をついた。

「お、お、おまえさん……な、なんて名だい？」

「おさくだよ」

「おさく……」

「うん。みんな、そう呼ぶんだ。でも、おっかさんは違ったよ。あたしのこと、さくらって呼んでた」

「……さくら。じゃ、あたしもさくらと呼ぼうね。お、おっかさんは？　さくらのおっかさんに会いたいんだけど、どこにいるんだい？」

「……もういない。死んじゃった」

もうひとりぼっちだと、顔をくしゃくしゃにしてつぶやく少女を、仙次郎はたまらずに抱きしめた。

さくらの体は小さくて、腕の中にすっぽりおさまってしまう。それがまた愛しくてたまらなかった。

いきなり知らない人に抱きしめられたというのに、さくらは泣きも騒ぎもしなかった。ただ不思議そうにつぶやいた。

「おじちゃん、なんで泣いてるの？」

「嬉しいからさ。さくらに会えて、す、すごく嬉しいから。……もうひとりぼっちじゃないよ。あたしがずっとそばにいる。さくらのことを守るから。絶対に守るから」

「うん。……あたし、桜貝拾いたい。おじちゃん、離して」

「い、いいよ。そのかわり、あたしも一緒に探してもいいかい？」

「いいよ。どっちが多く拾えるか、競争ね」

遊び相手ができたのが嬉しいのか、さくらは笑いながら浜辺を跳ねるように走りだした。その姿から、仙次郎は目が離せなかった。あとからあとから涙があふれてきていた。

と、お百がこちらに近づいてきた。お百が口を開くより先に、仙次郎は涙でぐちゃぐちゃの顔をしながら言った。

「お百さん……見つけた。小雪の未練を見つけましたよ」

「ああ、そのようだね。……あたしも色々聞けたよ。小雪さん、三年半ほど前にここに流れ着いたそうだ。腹が大きくて、ここで娘を産んで、そのまま村に居ついたそうだよ」

「そ、そうでしたか。……だ、誰かと一緒にはならなかったんですか?」

「顔が傷だらけだったから、男どもには相手にされず、浮いた噂一つなかったそうだ。けど、本人はそれでいいと笑っていたそうだよ。娘がいればそれで十分だって。この傷は、よからぬ男どもを近づけぬいい隠れ蓑だってね。それだけ操を立ててたんだろうねぇ」

「………」

「娘の父親のことも、ぽそりと言ってたらしい。自分のせいで死んでしまったって」

仙次郎は息をのんだ。

「あたしが死んだと思ってたってことですか?」

「ああ。おおかた、権八が言ったんだろうよ。おまえの愛しい男はもう殺してやったって。だから、小雪さんは運よく命が助かったあとも、江戸に戻らなかった。あんたとの思い出を大切にするために、ここに来て、腹に宿っていた子を一人で産んだんだろう」

「……………」

「でも、ひと月前に病に倒れ、死んじまった。死んで、体から自由になって、初めて知ったんだろう。あんたがまだ生きているって。だから、必死で夢に出て、自分の願いを伝えようとした。一人残された娘をどうかどうか守ってやってほしいと。そんなところじゃないかね」

ともかくと、お百は大きくのびをした。

「これであたしの仕事はお終いだ。依頼どおり、あんたの夢の謎は解いてやったよ。このあとどうするかは、あんた次第だ。……ちなみに、小雪さんの娘は身寄りがないってことで、今は村長の家にいるらしい。でも、自分の身内でもない子だからと、かなり持て余しているってさ。近いうちに、どこかに奉公に出されるんじゃないかって、もっぱらの噂だよ」

「奉公って……あの子はまだ三つかそこらですよ？」

「ま、奉公という名目で、遊郭にでも売り飛ばすつもりなんだろうよ」

「そんなことさせない！」

仙次郎は絶叫していた。

「誰があの子を遊郭なんかに！　絶対だめだ！　だめだだめだ！」

「だめだって言ったってねぇ。じゃ、どうすんだい？」

「決まっていますよ。あたしがさくらを引き取ります。あれは、あたしの娘だから」

「……権八の種かもしれないよ？」

「だったら、小雪はさくらなんて名前をあの子につけないでしょう。よしんばそうだとしても、関係ありません。あれはやっぱり、あたしと小雪の間にできた子なんです」

きっぱり言い切る仙次郎に、お百は目を見張り、それからにやりとした。

「急にしっかりしてきたじゃないか。うん。それでいい。ようやく一人前の男の顔になってきたよ。その調子でこれからもがんばりなよ」

激励するかのように、お百はばちんと仙次郎の背中を叩いた。

その夜、仙次郎はまたあの夢を見た。だが、これまでと違い、仙次郎の腕の中にはさくらがいた。

さくらを抱いたまま、仙次郎は波打ち際まで近づいた。海は凪いでいた。あいかわらず空は暗いが、海は穏やかな小波が打ち寄せているだけだ。

その波の上に、あの傷だらけの女の子が立っていた。

仙次郎はそっと呼びかけた。

「小雪。さくらを見つけたよ。これからはあたしがさくらを守るから。もう、この子は大丈夫だからね」

ゆるゆると、女の子の姿が変わりだした。体がすんなりと伸びていき、幼い顔立ちが美しい女のものとなっていく。顔を覆っていた傷も、肌に吸いこまれるように薄れていった。

そうして、小雪が現われた。傷も苦痛も見当たらない、まっさらな小雪だ。

その姿を、仙次郎は自分の目に焼き付けようとした。だが、どうしても涙があふれて、目がかすんでしまう。

そんな仙次郎に愛しげに微笑みかけたあと、小雪は海の中に消えていった。

その後、仙次郎がその夢を見ることは二度となかった。

四

ゆるゆると暖かくなってきた弥生《やよい》の終わり、焦茶丸が「里帰りをさせてもらいたい」と言い出した。

お百は鼻をほじくりながら、ほうんと、気のない返事をした。

「そりゃまたずいぶん急だね。なんだい。今日帰るのかい?」

「いきなり今日帰ったら、お百さんが困るでしょう? 里帰りさせてもらうからには、きちんと、あれこれ片づけてから行きます。ってことで、四日後の朝に帰らせてもらいたいんですけど、いいですか?」

「かまわないよ」

「そのまま二日ほど泊まってきたいんですけど」

「好きなようにしなよ。でも、あんたがいきなりそう言うなんてね。なんだい? お山で大事な神事でもあるのかい?」

「いえ、仲間同士での花見の宴があるんです。毎年恒例のことだから、おいらもどうしても行きたくて」

「ほう。花見だなんて、化け物達も風流だねぇ」

「馬鹿にしないでください。おいら達あやかしだって、きれいなものは大好きですよ。……あ」

　焦茶丸は急に顔をしかめた。

「なんだい、いきなり？」

「いえ、ちょっと……。顔を合わせたくないやつがいることを、思い出したんです」

「へえ、喧嘩でもしてるのかい？」

「……喧嘩のほうがまだましって言うか。とにかく、向こうが勝手に怒ってて、やたらちょっかい出してくるんです。意地の悪いこと言ってからかってきたり、それとなく体をぶつけてきたり。だから、おいら、この前は新年を迎える前に、こっちに戻ってきたんですよ。あれ、ほんとやだったなぁ」

　肩を落とす焦茶丸の姿に、お百はなにやらむかむかしてきた。焦茶丸が理不尽にいじめられると思うと、どうにも気が高ぶってくる。

「……どんなやつなんだい？」

「おいらと同い歳で、一緒に主様のところにご奉公にあがったやつです。おいらより先に出世してて、それをひどく鼻にかけてたんですけどね」

「ふん。はなから嫌なやつだったわけか」

「ええ、まあ。でも、去年の暮れ、おいらが鱗を一枚見つけて、持ち帰ったでしょ？　おいらが主様にお褒めの言葉をいただいたのが、よっぽど気に食わなかったみたいで。それからずっと突っかかってくるんですよ」

「……ふざけたやつだ」

お百は唸った。

「よし。それならあんたにとっておきの技を教えてやろう」

「技？」

「そうさ。喧嘩するなら先手必勝。まず玉を蹴り上げて、それから目潰しを食らわせな。これで一対一なら、まず負けないから」

「……お百さん。なんてこと言うんですか」

「なんだい？　手を出すのはやだっていうのかい？　それなら一度ここに連れてきな。あたしからがつんと言ってやる」

息巻くお百に、焦茶丸はあきれた顔をしていた。が、ふいにはっとしたように目を丸くし、それからにやにやと笑いだした。

「……もしかして、おいらのために怒ってくれているんですか？」

「ば、馬鹿を言うんじゃないよ！　あたしはただ、そういうひねくれたねちっこいやつが大嫌いなだけさ！」

お百はがみがみ怒鳴ったが、それでも焦茶丸はにやにやと笑い続ける。

どうにも癪《しやく》に障り、お百は焦茶丸のおでこに鼻くそをひっつけてやった。


それから四日後の朝、焦茶丸はすっかり支度を調えて、土間におりた。

「じゃ、お百さん。おいら、二日間里帰りさせてもらいますからね」

「あいよ」

「二日分の握り飯を作っておきました。術をかけといたんで、傷んだり固くなったりしませんから。おなかが空いたら、それを食べてください」

「ん～」

「もし外に行く時は、火の消し忘れのないように」

「ああ、わかってるよ。もういいからさ。さっさと山に帰りな」

「言われなくても、そうさせてもらいますよ。……おっと、いけない。一番大事なことを忘れるところだった」

出て行くかと思いきや、焦茶丸はまた土間からあがり、奥の床板をぱっと外したのだ。その下には、お百の稼ぎをまとめて入れてある千両箱があった。

よっこらせと、焦茶丸は千両箱をそのまま抱えあげた。

「あんた、何してんのさ？」

「はい。このお金はおいらが預かっておきます。お百さんにお金を残していくと、ろくなことにならないって、おいらよぉく知ってますからね」

「ちょいとちょいと」

お百は世にも情けない声をあげた。

「全部持ってっちまうつもりかい？　冗談だろ？」

「もちろん本気です」

「そんな！　せめて一両くらい残してっておくれよ！　飢え死にしちまうよ！」

「そうならないよう、握り飯を作っておきましたから。とにかく、おいらが戻るまで、つつましく生きててください」

「鬼！」

「おいら、化け狸です」

しれっと言って、焦茶丸は今度こそ出て行った。

しばらくぎゃあぎゃあわめいていたお百だが、焦茶丸の気配が完全に消えたとたん、ぴたりと黙りこんだ。そして、懐から二両の小判をつかみだし、へへと、舌を出したのだ。

「こんなこともあろうかと、昨日のうちに二両出しておいたのさ。子狸も詰めが甘いねぇ。お百様をなめちゃいけないよ」

さあてと、お百はうきうきと出かける支度に取りかかった。

せっかくうるさいのがいないのだ。ここはこの二両でたっぷり酒とうまいものを買いこんでくるとしよう。で、二日間家にこもって、ちびちびと楽しく一人贅沢をするのだ。もちろん、焦茶丸の握り飯も食べる。「食べすぎですよ！」とか「飲みすぎは体に毒です」と、言われることもない。ああ、なんという幸せか。

鼻歌交じりで外出用の頭巾をかぶり、いざ出かけようとした時だ。

「ごめんください」

細い声が外から聞こえてきた。

お百は一気に不機嫌になった。

「誰だよ、もう！　間が悪いったら。猿丸《さるまる》だったら、とっちめてやるからね」

ぶつくさ言いながら、お百はがらりと戸を開けた。

そこには若い娘が立っていた。抜けるように色が白く、濡れたように艶やかな黒髪が美しい娘だった。切れ長の目は不安げで、だがどこか媚びるような色香がある。自分が男だったらひとたまりもなかっただろうなと、お百は他人事のように思いながら、さらにすばやく相手を見ていった。

着ているものは春にふさわしい薄紅色で、銀鼠色の帯が柔らかさをかもしだしている。挿しているかんざしは上品な銀細工だ。なかなかいいところのおじょうさんと言ったところだろう。ここを訪ねてきたということは、客と見てまず間違いない。

こいつは金になりそうだと、普段のお百だったら、にこにこ顔で娘を家の中に招き入れていたことだろう。

だが、今回はそうせず、じっと相手を見下ろした。その強いまなざしに、娘はどぎまぎしたようだ。怯えたように目を伏せ、口ごもる。

「あ、あの……」

「あんた、人じゃないね？」

ずばりとした一言に、娘は出端《でばな》をくじかれたようだ。

やがて、あきらめたようにうなずいた。

「さ、さすがは千里眼のお百様。よく見破られました。わたくしは、あのぅ、とある山の草木を司る姫神でございます。どうぞ露子《つゆこ》とお呼びくださいませ」

相手が神と聞いて、さすがのお百も少しひるんだ。だが、名乗られた以上、無下にもできない。警戒はゆるめないまま、家に招き入れた。

そうして、それなりに言葉づかいと態度を改めて尋ねた。

「姫神様ともあろう方が、化け物長屋のお百になんのご用で？」

「はい。わたくしの友を捜していただきたいのです」

露子の目にみるみる大粒の涙が浮かんだ。

「わたくしの友、水の守り蛙の翠丸《みどりまる》がいなくなってしまったのです。自分でも捜してみましたが、どこにも姿が見当たらず、もう心配でたまりません。捜していただけませんか？　お礼に、養老の瓢簞《ひょうたん》を差し上げますから」

そう言いながら、露子は懐から小さな赤い瓢簞を取りだした。

「なんですか、それ？」

「はい。この瓢簞に水を入れると、またたく間においしいお酒に変わるのです。神器の一つです」

「み、水が酒に？」

かっと、お百の目が燃えあがった。

ほしい！　そんな便利な物があるなら、ぜひともほしい！

めらめらと、欲望の焰を全身からほとばしらせながら、お百はにっこりと笑った。

「もちろんですとも。他ならぬ神様からのご依頼とあれば、このお百、身を粉にして働かせていただきますよ。必ずやお友達を見つけてみせましょう」

「まあ、よかった。それでは、さっそく捜してもらえますか？」

「はいはい、喜んで。……お友達の持ち物など、何かお持ちではございませんかね？いえね、手がかりなしには、さすがのあたしも手が出ないものでして」

「ごめんなさい。何も持っていないのです。あ、でも、翠丸が守っていた井戸に行けば、何かあるかもしれません」

「ええ、ええ、そうでしょうとも」

へりくだりながら、お百は唇を舐めた。

蛙だかなんだか知らないが、住まいだったところに行けば、必ず痕跡があるだろう。あとはそれを糸に見立て、たどっていけばいいだけだ。

「その井戸というのはここから遠いんですか？」

「ええ、そこそこに。でも……お百さんが行きたいと言うなら、わたくしが運んでさしあげます」

「じゃ、お願いできますかね？」

「ええ。もちろんです」

そう言って、姫神はお百の手を取った。その手は小さく白く、爪まで愛らしかった。自分の手とは大違いだと、一瞬見とれたお百に、ふっと姫神は軽く息を吹きかけてきた。

甘い香りと共に、ふわりと部屋の中に霞が立ちこめた。

桃色がかった霞はすぐに晴れたが、すでにそこはお百の部屋ではなかった。見知らぬ里山のようなところであった。人気はまったくなく、新芽と花のつぼみをつけた木々と、野の青草に覆われた地面が見えるだけだ。

お百は目をしばしばさせたものの、騒いだりはしなかった。

「驚いた。さすがは神様の御業《みわざ》ですねぇ」

「いえいえ。さ、そこが翠丸の井戸です。見てみてください」

姫神が指差したところに、石造りの井戸があった。普通見かける井戸よりも大きく、大人四人が手をつなぎあって、ようやく囲めるほどだ。

「はいはい。ただいま見てみましょうよ」

お百はいそいそと井戸へと近づいた。

養老の瓢箪を手に入れたら、今後は酒の飲み放題だ。ああ、焦茶丸には見つからないようにしないと。知られたら、「飲みすぎで体を壊しますよ」と、瓢箪を取り上げようとしてくるに決まっているのだから。

そんなことをあれこれ考えながら、お百は左目の眼帯を外し、井戸をのぞきこんだ。

涸《か》れ井戸だった。水は一滴もなく、底には土と枯れ葉がたまっている。

蛙の翠丸とやらがいなくなったのはずいぶん前なのか？　姫神の口ぶりでは、つい最近のような感じであったが。それにしては、それらしき痕跡が何一つ見つからない。

これはおかしい。何かが変だ。

お百が顔を上げ、後ろを振り返ろうとした時だ。

どんっと、背中を強く押された。

体勢がぐらりと崩れ、なすすべもなく井戸の中へと傾く。

しまった！

せめてとばかりに、お百はとっさに身を丸め、毬のようになりながら、両腕で頭を庇った。

次の瞬間、どすんと、骨という骨がはずれるような衝撃が背中と腰に走った。

お百は息ができなくなった。舌が喉の奥に引っこみ、気道をふさいでしまったかのようだ。このままでは窒息すると、なんとか息を吐き出した。

すると、一気に痛みが全身に広がった。目の玉が飛び出るような痛みに、お百は思わず涙をこぼした。そして、そのことに猛烈に腹が立った。

大丈夫だ。まだ生きている。痛みはひどいし、あばらが何本か折れてしまった気がする。でも、腰や背骨、首はなんとか動かせそうだ。待て。急ぐな。痛みが引くのを待って、それから動くのだ。こんなこと、どうってことない。これまでに味わってきた痛みと恐怖に比べれば、井戸に落ちたことくらい、なんでもない。

痛みを少しでも紛らわせようと、自分を励ましていた時だ。

「あれぇ？　もしかして死んじゃったかな？　ま、俺はそれでもかまわないけどねぇ」

けらけらと明るく意地悪い声が上から降ってきた。

痛みに震えながら、お百は上に目をやった。青い空が小さく丸く見え、そして井戸の縁から子供が顔をのぞかせていた。

白い狐面をかぶっているため、顔を見ることはできないが、線の細い色白の男の子というのは一目でわかった。そして、あの露子という姫神と同一人物だということも。

お百の左目には、今やはっきりと少年の姿が見えていた。白絹のような白い肌から立ちのぼるのは、暗い焔のような悪意だ。ついさっきまで左目を封じていたとは言え、これに気づかなかったとは。

自分の迂闊《うかつ》さに歯噛みしながらも、お百は怒りをこめて少年を睨みつけた。

「おまえは……」

「なんだ。生きてたんだ。けっこうしぶといね。でもさ、やっぱりたいしたことない。主様の鱗を宿しているから、もっと手強いかと思ってたのに、これじゃ拍子抜けだよ」

嘲るようにお百を見下ろしながら、狐面の少年は言った。

「まあ、いいや。これ以上回りくどいことはやめにしよう。正直に言うよ。主様の鱗、今すぐ俺に渡してよ。そうしたら、ここから出してやるし、怪我もすぐに治してやる。痛いの、いやでしょ？　だから、素直になりなよ」

少年の言葉に、お百は目を見張った。

「おまえ……や、山神の手下かい。焦茶丸、の、同類ってわけ、だ」

「あいつと一緒にするな！」

かっとしたように少年は身を乗り出して怒鳴ってきた。鼻持ちならない気性のくせに、中身は案外幼いようだ。

はははあと、お百はさらに理解した。

きっとこいつだ。焦茶丸が言っていた嫌なやつ。鱗を持ち帰った焦茶丸に嫉妬し、嫌がらせをしていたという。だから、自分も鱗を手に入れようと決めたのだろう。

そして、焦茶丸の目が届かないのをいいことに、お百から奪い取ろうと、はかりごとを巡らせたのだ。

それにまんまとはまってしまったことを、お百は悔しく思った。

だが、このままでは本当にまずい。反撃を考えなくては。

お百はさりげなく左手を動かした。腕はまだ動かないが、望みのものをまだ持っているということはわかった。

腕の感覚が戻ってくるよう、少しずつ身を動かしながら、お百は時を稼ぐために言った。

「ふん。あ、あんた、のことは知ってるよ。でも、こんな手をつ、使うなんて、卑怯すぎないかい？　いくら焦茶丸、に、手柄を立てられ、く、悔しくって、な、泣いてたからってさ」

「泣いてなんかない！　黙れ！　黙れ黙れ！」

「こ、こんな汚い手を使ったと知ったら、あんたらの主様は果たして、ど、どう思うかねぇ？」

ぎくりと、少年がひるんだように身を引いた。だが、お百の台詞にいっそう怒ったようだ。白い首筋を真っ赤にしながら、ふたたび身を乗り出してきた。仮面越しでも目がぎらついているのが見えた。

「痛みのないよう、鱗だけ取ってやろうと思ったけど、もういい！　目玉ごとえぐりだしてやる！　ぜ、全部おまえが悪いんだからな！　俺を怒らせるから、そうなるんだ！」

蜥蜴《とかげ》かやもりのように、少年は石壁を這うようにして降りてきた。そうしてお百の横に降り立つと、右手を刃物のようにすぼめ、お百の左目に向けて突き出した。

まさにその時、お百はさっと腕を動かした。激痛を無視して、手に握っていた眼帯を左目に当てたのだ。

この眼帯の役割は、ただ青い目を隠すというだけではない。お百が気を抜いたり寝入ったりしていても、怪しいものから目を守れるよう、まじないがたっぷりこめられているのだ。

以前、焦茶丸はこれに触れて、はじき飛ばされていた。だったら、同類のこの少年にも同じことが起きるはず。

お百が睨んだとおり、左目をえぐりだそうとした少年は、激しく跳ね飛ばされ、井戸の石壁に叩きつけられた。

「うげっ！」

くたっと力が抜ける少年に、お百はざまあみろと荒々しく笑った。同時に、悔しさに身悶えした。

今こそ、少年を捕まえる千載一遇の機会だというのに。悲しいかな、体が動かない。これでは、少年をふん縛るのも不可能だ。

「ええい、この！　動け！　う、動けったら、この！」

自分の体を叱咤しているうちに、少年のほうが先に身動きした。目を覚ましてしまったのだ。

口でも切れたのだろう。仮面の裏から血がしたたって、白い喉へと伝っている。

仮面の向こうからのぞく目は、今や憎悪で満ちていた。

それでも、眼帯のまじないを警戒してか、少年はそれ以上襲いかかってはこなかった。逃げるように石壁を登って井戸の外に出ると、甲高く叫んできた。

「許さない！　許さないからな！　お、お、おまえ、死ね！　ここには水も食べ物もないぞ！　飢えて渇いて、いっぱい苦しんで死ね！　死んだ体から鱗を取ってやる！　あははははっ！」

高笑いを響かせ、少年は去った。


一人になり、お百はとりあえずほっとした。

少し動けるようになると、まずはしっかりと眼帯の紐を結び、左目を守れるようにした。それから痛む体をゆっくりとほぐしてみた。すぐに立てないということがわかった。腕で体を支え、身を起こすのがせいぜいだった。

長い時間をかけて石壁によりかかるように座り、お百はぜいぜいと息をついた。

これはとてもではないが、井戸から自力で出ることはできまい。

「ちくしょうめ……とんだどじを踏んだもんだ」

だが、悔やんでもしょうがないと、すぐさま頭を切り替えた。

ひどく痛むが、この怪我で死ぬことはないだろう。だが、このまま放置されれば、いずれは飢えと渇きで干からびることになるだろう。助けを呼ぼうにも、自分の声が誰かに届くとは思えない。

そんな中、一つだけ光明があった。

あの少年はお百が死ぬまで待つつもりだとわめいていたが、そううまくはいかないだろう。

時だ。

お百に名を与えられ、人界で自由に動けるようになった焦茶丸と違い、あの少年はまだ山のものだ。人の領域では、体も力もじわじわと弱っていく。一刻も早く山に戻りたいはずだ。

だから、それほど間を置かずに、必ずここに戻ってくるだろう。その時に、「鱗を返してもいい」と言って、そばまで誘いこみ、眼帯を押し当てて気絶させる。それしか手はない。

こうなったら我慢比べだと、お百は腹をくくった。

「あいつが戻ってくるまで、なんとしても生きのびてやる」

力を消耗しないよう、できるだけ楽な姿勢を取り、お百は動かないようにした。

やがて日が暮れたのか、井戸の底は真っ暗になった。ぬばたまのような闇に塗りつぶされ、しんしんと寒くなってくる。

がちがち震えながら、お百は身を丸め、温もりを守ろうとした。何も食べていないので、余計に寒さが身にこたえる。

「焦茶丸がこしらえた握り飯、懐に入れてくりゃよかったねぇ」

ひもじさもさることながら、喉の渇きのほうはもっとひどかった。お百は昼間の間に拾っておいたつるりとした小石を口に入れた。冷たい小石をしゃぶると、つばがわいてきて、少しは気が紛れた。

うっかり飲みこまないよう気をつけながら、思わず苦笑した。

「……昔、おっかさんに納戸に閉じこめられた時、よくこうして小石を舐めていたっけ。……まさか、また同じことをすることになるなんてね。……あいつ、許さないよ」

苦い記憶を思い出させたことで、また一つ、あの少年の罪が増えた。捕まえたら、さて、どんな目にあわせてくれようか。

暗闇の中で、お百はあれこれ復讐の手を考えた。

そうして、お百にとって長く苦しい一夜が過ぎていった。

寒さと空腹に、ほとんど気を失っていたお百だが、肌がぴりっと来るような気配を感じ、はっと目を開いた。

すでに夜は明けており、井戸の縁からは、あの少年が顔をのぞかせていた。

「ふうん。勘はほんとにいいんだね。気づかれると思ってなかったよ。……ねえ、もういい加減にしてくれない？　俺だって暇じゃないんだからさ。さっさと観念して、鱗を渡すと言ってよ。そうしてくれたら、これまでのことは水に流してやるからさ」

いやに猫撫で声でささやいてくる少年。だが、声に疲れがにじんでいるのを、お百は感じとった。

思ったとおりだと、心の中で舌舐めずりした。

こいつ、弱っている。

そこで、お百はことさら弱々しい声で答えた。

「そ、そうだね。……あんたの言うとおりにするからさ。なんでもするから、こ、ここから出しておくれよぉ」

「それでいいんだよ。じゃ、まずはこれだ」

そう言って、少年は細い縄を井戸に投げ入れてきた。縄の先には小さな籠がくくりつけてあった。

「……なんだい、これ？」

「あんたは信用できないからね。まずはこの籠の中に、その厄介な眼帯を入れてよ。

そうしたら、あんたをそこから出して、鱗を取るからさ」

ちっと、お百は心の中で舌打ちした。

こいつ、けっこう侮れない。ずる賢いやつだ。

思惑が外れ、お百がどうしようかと悩んだ時だ。

ふいに、大声が聞こえてきた。

「こらぁ！　何してるんだ、真白《ましろ》！」

「わわっ！」

狐面がぱっと引っこんだ。ばたばたと、取っ組み合うような音がして、やがて、ごんと、大きな音が響いた。

そして、また誰かが井戸をのぞきこんできた。

その顔を見たとたん、お百は驚きで思わず立ち上がろうとした。その瞬間、忘れていた怪我の痛みが全身に襲いかかってきた。

あまりの激痛によろめき、石壁に派手に頭を打ちつけてしまった。目に火花が散り、うわっと暗闇が広がった。

それでも、お百はもう心配も恐れもしなかった。

このまま気絶しても大丈夫。だって、あいつが来てくれたんだから。

安心して、お百は意識を手放した。

ふと気がつけば、染みだらけの天井が見えた。どの染みもなじみ深いものばかりだ。

化け物長屋の自分の部屋にいるのだと、お百は悟った。

と、丸い顔がぬっとこちらをのぞきこんできた。心配そうな目を向けられ、お百は小さく笑った。

「あんたかい、焦茶丸」

「お百さん！　き、気がつきましたか？　さっき仙薬を飲ませたから、もう怪我は治っているはずなんですけど、どこか痛いところとか、残っていませんか？」

「仙薬？」

言われてみれば、あの激痛がきれいに消えている。恐る恐る身を起こしても、痛むところはなかった。

ありがたいと、お百はしみじみ思った。

「ああ。大丈夫だよ。ありがとさん。……あんたが助けてくれたんだね？　でも、どうやってあたしがあそこにいるってわかったんだい？」

「花見に行ってみたら、真白のやつがいなくて。なんか、このところずっとここそこそしていたって聞いて、ぴんときたんです。で、ここに戻ってきたんです。そうしたらお百さんがいなくて、真白の匂いが残ってて。こりゃいけないって、急いで捜しにかかったんです。うまく匂いを隠していたから、たどるのに時間がかかってしまいました」

「真白、っていうのかい、あの白いやつは」

「ええ。白狐の真白です」

そう言いながら、焦茶丸は部屋の隅を指差した。

そこに、白い小さな狐がいた。手足を縛り上げられ、ぐんにゃりと伸びている。

「あんたがやったのかい？」

「はい。あとで、主様のところに連れて行きます。お百さんのことはおいらにまかせるって、主様ははっきり言ってくださったのに、勝手にこんなひどいことしでかすなんて、許せない。うんととっちめてもらわなくちゃ」

「いや、待った」

慌ててお百は立ち上がった。

「ちょいとお待ち。まずこいつから養老の瓢箪を取り上げるから」

「養老の瓢箪？　なんです、それ？」

「こいつが言ったんだよ。水を酒にする神器だって。こんな目にあわされたんだ。絶対もらっておかなくちゃ」

「お百さん……そんな物があるって、本気で信じちゃったんですか？」

気の毒そうに言われたとたん、お百は理解した。養老の瓢箪などというものは、この世に存在しないのだ。

くたくたとへたりこむお百に、焦茶丸は心配そうに声をかけた。

「お、お百さん？　大丈夫ですか？」

「……いや、大丈夫じゃない。……この真白ってやつがくれた痛手の中で、今のが一番こたえた。……け、けけけ」

「お、お百さん？」

「……まあ、どこまでも虚仮にしてくれたもんだねぇ。ああ、いいよ。それならね、こちらも思う存分やらせてもらおうじゃないか。一晩かけて考えた手があるんだ。けけけけけっ！」

笑うお百からは、なんとも壮絶な気が立ちのぼってきていた。

それからしばらくして、真白が目を覚ました。

「んあ？　なんだ？　お、おい！　なんで俺、縛られているんだよ？　この縄、外せよ！　おい！　おい、焦茶丸ったら！」

だが、真白が叫んでも、焦茶丸は動かない。壁に張りつくようにして立っているだけだ。その目は真白を見ていなかった。

何かおかしいと気づき、真白も焦茶丸の視線の先に目を向けた。

そこには大きな鋏を持ったお百がいた。

「さあ、お仕置きの時間だよ」

鬼女のようににたりと笑うお百の姿に、真白はきゃあああっと絹を裂くような悲鳴をあげた。

だがもちろん、それで許してもらえるはずもなかった。


「よし。これくらいで勘弁してやろうか」

そう言って、お百は持っていた鋏で、真白の手足の縛《いまし》めを切ってやった。

だが、自由に動けるようになっても、真白はひんひんと情けなく泣くばかり。

それもそのはず、その体を覆っていた雪のように白い毛は、無残に刈りこまれてしまっていた。ふっさりと太かった尾も、今では鼠の尾のようになってしまっている。

かわいそうにと、焦茶丸は同情を禁じ得なかった。

だが、お百は容赦しなかった。

「はっ！　よく似合っているじゃないか。お上品ぶったお狐様より、その禿げ鼠みたいな見かけのほうが、あんたの性根にはぴったりだ。よし。これから禿吉《はげきち》って名乗るといいよ」

「うえっ！」

真白が目を見張ったとたん、その体がぱっと光り、狐から人の姿へと変わった。

焦茶丸と同じ年頃で、顔立ちはずっときれいだが、その頭は見事に禿げていた。

禿げ頭の美少年はぎゃあぎゃあ泣きながら、お百の足にすがりついた。

「は、禿吉って……わあぁ、いやだぁ！　そ、そんな！　名前の上書きだなんて！　そんな名前になるなんて、絶対にやだぁ！　お百さん！　いえ、お百様！　お願いします！　おわびしますから！　名前、戻してください！　真白って呼んでください！　ご、後生ですから！」

「だめだね」

お百はにべもなかった。

「少なくとも一年はその名前でいるこった。その間、おとなしく、ちゃんと恥ってもんを感じてな。あと、これからは焦茶丸につっかかるのもやめるんだよ。それができたら、一年後、もとの名前を返してやる」

「ふ、ふええええ……」

泣きじゃくりながら、真白改め禿吉は出て行った。

ははんと、お百はせせら笑った。

「まったく。毛を刈られたくらいで、あんな泣くたぁね」

「そりゃ、あいつは白い毛皮がご自慢でしたからね。……さすがお百さん。残酷な手を思いついたもんですねえ」

「人を極悪人みたいに言うのはやめとくれ。むしろ、情け深いと思ってほしいね。この程度で許してやったんだから。本当なら、丸刈りにした上、玉を切り取って、猫にでも食わせているところだよ」

「ひえええ……」

「ふん。あたしゃそういう女なのさ。だから、あんたもあたしを本気で怒らせないこった」

「き、胆に銘じます」

「そうしときな。……ああ、それにしても腹が減ったね。あんたが残していった握り飯、まだあるよね？　まずはそいつを食おうか。焦茶丸、お茶！」

「は、はい！　ただいま！」

おたおたと、焦茶丸は湯を沸かしにかかった。

五

桜の花も散った頃、お百のもとに依頼が来た。と言っても、直接訪ねてきたわけではない。世間の目を気にしているのか、会いたい日時と場所を指定しての呼び出しだった。

こういうことは多いので、お百は特に気にもせず、約束の日に焦茶丸を連れて出かけた。

呼び出された場所は、こじゃれた料理屋の一室だった。

まだ依頼人は来ていなかったが、二人の前には次々と料理が運ばれてきた。女中に聞いたところ、すでに代金はもらっているという。どうやら、向こうはたらふく食べさせてくれるつもりのようだ。

金を払う必要がないのならと、これまた遠慮なくお百は料理に手をつけていった。焦茶丸も、誰かに作ってもらったものを食べるのは久しぶりだと、嬉しげだった。

そうして、けっこうな食事をいただき、二人が満足の息をついた時、ようやく依頼人が部屋に入ってきた。

父親と娘らしき二人組だった。

父親のほうは四十がらみ。背が高く、身なりも上等で、堂々とした貫禄があるところを見ると、どこぞの大店の主であるのは間違いなさそうだ。だが、その顔は憔悴しきっていた。目の奥には深い苦悩が見える。

一方、娘のほうには影などどかけらも見当たらなかった。歳の頃は十六か十七。春に咲く野菊のように、はじけんばかりの若さと無邪気さがある。ふっくらと小太りで、だがそれがかわいらしい。息をのむような美人ではないが、人に好かれる愛嬌がある娘だ。

対照的な二人の姿に驚きながらも、お百は顔には出さず、静かに口を開いた。

「あたしが『失せ物屋』のお百です。依頼のことは決して外に漏らさぬと約束しますけど、それでも不安だというなら、そちらは名乗らなくてもけっこうです。ただ、捜してほしい失せ物だけを言ってください」

淡々としたお百の言葉に、父親は逆に腹が決まったようだった。まっすぐお百を見返したのだ。

「いえ、そちらを信用しましょう。……私は廻船問屋《かいせんどんや》、逆波屋右衛門《さかなみやうえもん》。こちらは私の娘で、ぬいと言います」

「ぬいです。よろしくお願いします」

にこっと笑って、娘は挨拶をしてきた。その無邪気な様子に、右衛門の顔がいっそう苦しげに歪んだ。

「じつは……頼みたいのは他でもない、このぬいのことなのです」

「おじょうさんの？」

「はい。……む、娘の正気を探してほしいんです」

お百も焦茶丸も目を丸くした。これはまたとびきりおかしな依頼だ。

焦茶丸は思わずまじまじとぬいを見た。春の花のように明るくかわいらしい娘さんではないか。正気が失われているようにはまったく見えない。

お百も、客の望みが理解できなかった。そっと聞き返した。

「どういうわけなのか、お聞かせ願えますかね？」

「は、はい。……娘はもともと優しい子です。小さな頃から生き物が大好きで、猫や犬、小鳥をほしがり、かわいがっていました。でも……時々、気が触れたようにひどいことをしでかすのです。いきなり、小鳥の羽根をむしりだしたり、犬に向かって焼けた火箸を投げつけたり。子供の時は、ただの癇癪《かんしゃく》だろうと思っていました。噛まれたりつつかれたりしたから、とっさにやり返したのだと。そのうち収まるだろうと……」

事実、大きくなるに連れて、いきなり生き物をいじめるような振る舞いは減っていった。ただ、ぬいの猫や小鳥がすぐにいなくなってしまうことには、少し不思議には思っていたらしい。ぬいが大事に世話をしているのに、どうして逃げたりしてしまうのだろうと。

だが、この前、決定的なところを見てしまったのだと、右衛門は肩を震わせた。

「蔵に入ろうとした時、ひどい臭いがしたんです。で、私は臭いを追って、蔵の裏へと回りました。そこにぬいがいました。襦袢姿で、たすきをかけて、手が血まみれでした。……身重の犬の腹を割いていたんです」

うっと、焦茶丸は両手で口を押さえた。そうしないと、食べた料理を全部もどしてしまいそうだったのだ。

一方、お百は微動だにしなかった。青ざめたまま、先を促した。

「……なんで、そんなことを？」

「私もまずそう思いました。あ、あの犬のことを、娘はかわいがっていたのに。生まれてくる子犬を楽しみにしていたのに。殺す理由なんて一つも思い浮かびません。仰天して、どうしてそんなことをするのかと聞くと、ぬいはいきなり泣きだしました。悪いことだとわかっていたけれど、どうしても、腹の中の子犬がどんなふうになっているか見たかった、知りたかったんだと、そう言うんです」

もう娘のことがわからないと、右衛門はうなだれた。

と、ぬいがわっと泣きだした。

「ごめんなさい、おとっつぁん！　自分でもどうしてかわからない。気づいたら、手が動いていて、ひどいことをやってしまうの」

わんわんと子供のように泣きじゃくる娘を、右衛門は急いで抱きしめた。そのしぐさ一つで、右衛門がどれほど娘を溺愛しているかがよくわかった。それこそ目に入れても痛くないほどかわいがっているのだろう。

だからこそ、娘が凶行を繰り返すことに胸を痛めている。

娘を抱きしめたまま、右衛門は疲れ切った顔でお百を見た。

「最初はどこか悪いのではないかと、医者に診せました。それから、拝み屋や陰陽師を頼りました。でも、うまくいかなかった。娘さんには狐が憑いているとはっきり言った拝み屋もいましたが、その男も結局憑き物落としに失敗したんです。ぬいは前よりもひどくなり、いっそう残酷なことをするようになった。今では、気に食わない真似をした奉公人の手に、かんざしを突き刺したりするんです」

「で、考え方を変えてみることにしたと？」

「はい。狐や悪霊の仕業ではなく、娘は正気を失っているだけではないかと。その正気をなんとしても見つけて、戻してほしい。そう思って、『失せ物屋』お百さんを頼ることを決めたんです」

お願いしますと、右衛門は両手をついて、頭を下げた。

「もうお百さんしか頼れる人がいないんです！　どうかどうか娘を助けてやってください！　こんなのはひどすぎる！　娘の正気を取り戻してくれたら、百両だって二百両だって払いますから！」

「やりましょう」

即座にお百は言った。その鼻の穴が早くも膨らんでいるのを見て、焦茶丸はこっそりため息をついた。あいかわらず露骨なものだと、あきれたのである。まあ、やる気になってくれたのはよいことだが。

「じゃ、まずは軽く見てみましょうか」

ぬいの前に座り直し、お百は眼帯を取った。

現われた青い目に、右衛門はたじろいだ。

だが、ぬいは違った。むさぼるようにお百の目をのぞきこんだのだ。

「すごい……青い目……」

「……………」

「そ、その目を通すと、どんなふうに見えるんですか？　全部青く見えるの？」

「こ、これ、ぬい。少し静かにしていなさい」

好奇心を抑えきれない様子のぬいをたしなめる右衛門。

だが、お百は何も言わず、ただただぬいだけを見つめ続ける。そして無言のまま、ふたたび眼帯をつけたのだ。

ああっと、もったいなさそうにぬいが声をあげた。もっと見ていたかったと言わんばかりに、恨めしげにお百を見る。

だが、お百はぬいを見返そうとはしなかった。その顔色は今や灰色に変じていた。何を見たんだと、焦茶丸の胸はざわめいた。あの気丈なお百がこんな姿を見せるなんて。

うつむいたまま、お百は低い声で言った。

「……おじょうさん。悪いけど、先に一人で帰っておくれでないかい？　さもなきゃ、下でおとっつぁんを待っていてもらいたいんだけど」

お百の言葉に、ぬいは不満そうに父親を見た。

「おとっつぁん……」

「言われたとおりにおし。あとで、何を言われたか、私から話してあげるから」

「……うん」

後ろ髪を引かれる様子で、それでも素直にぬいは部屋から出て行った。

ふうっと、お百は息をついた。まるで恐ろしい獣をやり過ごしたかのように、体のこわばりを解いた後、お百は右衛門に向き直った。

「最初にはっきり言っておきましょう。おじょうさんに狐や悪霊の類いはいっさい憑いてはいませんよ。きれいなものです」

「ほ、本当ですか？」

「ええ。そして、狂気も見当たらなかった。……おじょうさんは完全に正気です」

「え？」

「ただ残念なことに、おじょうさんは人として当たり前の感情がいくつか丸ごと欠けている。だから、平然と残酷な真似ができてしまうんです。普通の人なら考えもつかない血なまぐさいことも、おじょうさんにとっては好奇心を満たす遊び事と同じなんですよ」

ははは と、右衛門は引きつった笑い声をあげた。

「何を言い出すかと思えば。感情が欠けている？　そんなはずはない。あの子は本来優しい娘なんだ。ただちょっと正気を失うことがあって、それでぎょっとするようなことをしでかしてしまうだけなんだ。あ、あの子だってそう言っていたじゃありませんか！　どうしてそうなってしまうか、わからないって！」

最後の声は悲鳴のようだった。

だが、そんな右衛門に対して、お百はきっぱりと言った。

「それは嘘ですね。おじょうさんは知っていますよ。自分が人とは違う異質なものだと。知った上で、楽しんでやっている」

「そ、そんなはずは……」

「残酷さこそが、ぬいさんの本質、本性なんですよ。普段の無邪気な振る舞いのほうが、嘘なんです」

右衛門の顔が憤怒に染まった。

「な、何を言うんだね、あんたは！　私の娘を、ひ、人の心を持たぬ化け物とでも言いたいんですか！」

「……あたしのこの左目は、この世ならぬもの、本来人の目には見えぬものを見ます。……おじょうさんの胸にはぽっかり、大きな穴が空いてましたよ。そして、顔は黒く塗りつぶされていました。……胸の穴は、心がないこと、満たされない暗い欲望を持っていることを意味しています。そして、顔が塗りつぶされているのは、誰にもおじょうさんの本心が読めないということ」

「………」

「信じられないなら、さっき見えたものを、右衛門さんにも見せてあげましょうか。そういうことも、あたしはできるんですよ」

そう言って、お百は右衛門に向かって手を伸ばした。だが、右衛門はその手を払いのけた。まるで蛇でも払いのけるような荒っぽさだった。

「ま、まっぴらだ。冗談じゃない！」

わめきながら、右衛門は立ち上がった。

「もういい！　二度とあんたには頼まない。そちらも、二度と私達に関わらないでおくれ」

二両を投げつけるようにしてお百の前に置き、右衛門は肩を怒らせて出て行った。

二人きりとなり、焦茶丸はそっとお百ににじり寄った。

お百は座ったままだった。ほとんど何もしないで二両も手に入ったのだ。本来なら、ほくほく顔になるはずなのに、なぜか渋い表情で黙りこくっている。

「お百さん？」

「ん？　ああ、ちょいと思い出したことがあってね。……前に一度、稀代の人殺しを見たことがあるんだ」

「ひ、人殺し？」

「ああ。女と子供を十五人も殺したあげく、ようやく捕まったやつでね。引き回しの上、獄門さらし首にされたよ。その引き回されている時に、たまたまあたしは出くわしてね。気まぐれに左目でそいつを見てみたんだ。……顔がなくて、胸に大きな穴が空いていたよ。さっきのあの娘とそっくりだった」

息をのむ焦茶丸の前で、「時々ああいう人間が生まれるんだ」と、お百はつぶやいた。

「自分の欲に忠実で、後悔や申し訳なささをいっさい感じない。他者への哀れみも感じないから、いくらでもひどいことができる。……父親には言わなかったけど、あの娘の手は血まみれだったよ。あれは相当生き物を殺してる」

「そ、そんなふうにはとても見えないのに……」

「だから、あの娘は怖いんだよ。良心ってものがない上に、筋金入りの嘘つきだ。あのかわいらしい見た目と振る舞いは、あの娘が作り出した隠れ蓑なんだよ」

「ど、どうするんです？」

「どうするって言われても、向こうはもうこれっぱかりも関わってほしくないらしいからね。こうなった以上、あたしにできることは何もないさ。……でも、あの娘、そのうち動物をいたぶるだけでは物足りなくなって、いずれ人を獲物として狙い出すだろう。そうなる前に、早くどこかに閉じこめたほうがいいと思うけどね」

憂鬱そうにつぶやきながら、お百はやっと落ちている二両を拾いあげたのだった。

それから半月あまりが経った。何事もなく毎日が過ぎていき、お百も焦茶丸も、ぬいのことを忘れつつあった。

ある日、焦茶丸が買い出しから戻ってみると、お百の姿はなく、かわりに見慣れぬ紙包みが置いてあった。近づいてみて、焦茶丸は目を見張った。

「わわっ！　福善堂《ふくぜんどう》の大福！　ど、どうしたんだろ、これ？　誰か差し入れてくれたのかな？」

包みを持ち上げたところ、はらりと、小さな紙切れが落ちた。そこには「たべな」と、ひらがなで書いてあった。

ははあと、焦茶丸は笑顔になった。この素っ気ない書き置きは、お百が残したものと見て間違いない。

「お百さんが買ってきてくれたんだ。……いいところも少しはあるんだよね、あの人も」

お百が戻ってきたら一緒に食べようかとも思ったが、考えてみたら、いつ戻るともわからない。それに意外と照れ屋なお百のことだ。焦茶丸が待っていたと知ったら、「なんだい。あんたのためにわざわざ買ってやったのに、すぐに食わなかったのかい？　そんなら、そんなもの、早く捨てちまいな」とか、悪態をつきかねない。

やっぱり今食べてしまおうと、焦茶丸はいそいそと包みを開いた。中には大きな大福が三つも入っていた。

「いただきます！」

焦茶丸はさっそく頬張りだした。

それから四半刻後、お百が戻ってきた。顔が上気し、髪もしっとり濡れている。少し早いが、風呂に行ってきたのだ。

「ふう。やっぱり風呂はいいね。生まれ変わった気分になる」

濡れ髪をかきあげながら、ご機嫌で自分の部屋に戻ったお百だったが、次の瞬間、立ちすくんだ。

部屋の中では、焦茶丸が倒れて唸り声をあげていたのだ。白目を剝き、口から緑の泡をふいている。

「こ、焦茶丸！　ど、どうしたんだい！」

「うぎ、ぎぎぃぃ……」

「ま、待ってな！　今水を……」

この時、頭の後ろに強烈な一撃を食らい、お百は何もわからなくなった。

はっと目を覚ました時には、体を縄でぐるぐる巻きにされて、床に転がされていた。

お百はすばやく目を動かした。ここは自分の部屋だ。ああ、焦茶丸がそこに倒れている。あいかわらず苦しげにあえいでいる。

焦茶丸と呼びかけようとしたとたん、頭が割れんばかりに痛んだ。

「つぅっ……」

お百は思わず目をぎゅっとつぶった。

頭が痛むのは殴られたせいだろう。でも、誰に？

と、軽い足音がして、誰かが自分の横に立つ気配がした。

お百は目を開けた。

にっこりと笑うぬいがそこにいた。

「あんた、は……」

「こんにちは、お百さん。うふふ。また会えて、すごく嬉しいわ。だってこの半月、ずっとずっと会いたくてたまらなかったんだもの」

「なんでこんな……いや、そんなことより水を！　その子に水を飲ましてやっとくれ！　死んじまうよ！」

「あら、大丈夫。死なせやしないわ。そんなに強い毒は使っていないから」

「毒……」

「そう。大福に仕込んだの。でも、心配しないで。毒と言っても、しばらく動けなくさせるためのものだから。あたしね、死んでしまったものをいじくりまわすのには、もうとっくに飽きてしまっているの。やっぱり、刻むなら、生きたままでなくちゃね」

恐ろしいことを楽しそうに言いながら、ぬいは持っていた大きな風呂敷包みを開いた。中には大きな黒塗りの箱、細い刃物や鋏、太い針などがどっさり入っていた。

道具を床に並べていきながら、ぬいはぺらぺらとしゃべった。

「あたしはね、おとっつぁん達が知らない遊びをいっぱいやっているの。これまで飼ってきた動物は全部あたしの遊び相手だった。ふふ。おもしろかったわ。小鳥なんかね、両手で握ってぐっと力を入れると、ぼきぼき骨が折れるのが伝わってくるの。ああ、命を握りつぶしたんだってわかって、ぞくぞくするのよ」

「……そんなに殺したのに、誰にも知られなかったというのかい？」

「ええ。でも、それも無理ないわ。あたしは空涙がうまいの。涙を流せば、おとっつぁん達はすぐにあたしの言いなりになってくれたから。おかげで、またすぐに遊び相手を買ってもらえたわ。それにね、あたしにはこれがあったから。お百さんだけには見せてあげるわね」

そう言って、娘は黒い箱を開けてみせた。

今度こそ、お百は息が止まりそうになった。箱の中には、小さな青いかけらがきらきらと輝いていたのだ。

「そ、それは……」

「これはね、ずっとずっと昔、海に遊びに行った時に拾ったの。見て。すごくきれいでしょう？　お百さんの目と同じ色よ」

当然だ。そのかけらは、お百の左目に宿るのと同じ物、山神の鱗なのだから。

声が出ないお百に、ぬいははしゃいだ様子で言葉を続けていった。

「拾った時から、これはあたしの宝物になったの。でもね、これはただきれいなだけじゃないのよ。拾った次の日、あたしはこれを自分のお宝箱の中にしまったの。他の宝物、子猫達の首と一緒にね。かわいい子達だったから、取っておきたかったのよね。でも、しばらくすると、臭くなるということもわかっていた。だから、数日後、庭に埋めようと思って、箱を開けてみたの」

驚いたわと、ぬいの声が高くなった。

「子猫の首が全部なくなっていたんだもの。血のあとも、臭いさえも残っていなかった。ただ、この青いかけらだけがあったの」

「……………」

「あたしは慌てて、今度は金魚の死骸を入れてみたわ。次の日、箱を見たら、金魚はいなくなっていた。だから、わかったの。ああ、これは天の神様からの贈り物だって。それからは遊びの片づけがすごく楽になった。みんなに隠れて捨てたり、土を掘って埋めたりする必要なんて、もうない。ただ、この箱の中に遊び終わったおもちゃを入れれば、それですむんですものね」

なんてことだと、お百は心の中で唸った。

お百の左目に不思議な力を与えたように、この鱗はただの箱に力を与えた。そして、便利な道具を得たことによって、ぬいの悪事はいっそう加速していったのだ。ぬいがこれまでどれほどの生き物を残忍に殺してきたか、お百にも見当がつかなかった。

それなのに、ぬいは天真爛漫に笑っている。底知れぬ邪悪な生き物を前にして、お百は震えが止まらなかった。

それでもあえて尋ねた。

「……いつからだい？　自分が人と違うと気づいたのは？」

「さあ。たぶん、物心ついた時にはわかっていたと思う」

あっけらかんと、ぬいは答えた。

「でも、それがみんなに認められないことだってこともわかっていた。自分のやりたいことはこっそりやらなくちゃいけないって。賢いでしょう？　だから、ずっとみんなをだましてきた。……殺すのが好きなのよね」

とろけるような目をしながら、ぬいはつぶやくように言った。

「血を見るのも嗅ぐのも好き。何かが、誰かが苦しむのを見るのが、ぞくぞくするほど楽しい。毒薬を作ることにも夢中になった時もあったわ。でもね、だんだん飽きてきちゃったのよね。だって、小鳥も猫も弱すぎて、すぐに死んでしまうんだもの。いくら殺すのが好きだからって、これじゃ遊び甲斐がなさすぎて、かえっていらいらしてしまう。……でもね、やっとあたしにぴったりの遊び方を見つけたの。それが何か、お百さんならわかるんじゃない？」

いたずらっぽい笑顔を向けられ、そうかと、お百は目を閉じた。

「……あんた、とっくに動物以上のものに手を出していたんだね」

「当たり。そのとおりよ。……二年ほど前にね、小さな女の子がうちの前に物乞いに来たの。あたしは毎日食べる物をあげて、かわいがってやったわ。そして、頃合いを見て、誰もいない小屋に連れこんで、一緒に遊んだの。……あれは、すごくすごく楽しかった」

ぬいはうっとりと頰を桜色に染めた。

「あの子と遊んでみて、やっとわかったの。ほしかったものはこれだ。本当にやりたかったのはこれだったんだって。でも、人間を獲物にするのはけっこう難しくて、気をつけなきゃいけないことだらけだったわ」

狙うのは、いなくなっても誰も気にしないような乞食《こじき》とかにした。遊び場には、誰も住んでいないあばら家を選び、そこに入るのも出るのも、誰にも見られないように気をつけた。そして、遊び終わったら、獲物の体をぶつ切りにして、少しずつこの箱に入れていったという。

だが、そうしたことより大変だったのは、続けざまに遊ばないようにすることだったと、ぬいは口を尖らせた。

「立て続けに人が消えれば、噂が立つようになってしまうかもしれない。だから、一回人間で遊んだら、そのあと数月は動物で我慢するようにしていたの。……この前はどうしても我慢できなくて、うちの敷地で犬をさばいてしまった。あれは我ながら失敗だったわ。あれをおとっつぁんに見られなければ、もっと自由でいられたのに」

「…………」

「お百さんがあたしのこと残酷な気性だって言ったから、あたしに甘かったおとっつぁんですら、少し疑うようになってしまった。目を見ればわかる。これからは遊ぶ時はもっともっと慎重にならなきゃならなくなるでしょうね。……でも、いいわ。犬の一件のおかげで、こうしてお百さんに会えたんだものねぇ」

急に食らいつくような熱心なまなざしとなり、ぬいはお百にのしかかってきた。

「うっ！」

「ああ、お百さん。会えた時は本当に嬉しかったわ。こんなきれいな目を持つ人がいるんだって、血がたぎるのを感じたのよ」

そう言いながら、ぬいはお百から眼帯を取り、現われた左目をうっとりと見つめた。

「本当にきれい。……見た時から、どうしてもほしくなっちゃった。決めたのよ。絶対あたしのものにしようって。ほとぼりが冷めるまではと思って、半月待つことにしたけど、本当に待ち遠しかった。やっとやっとここまで来られた」

ぬいの薄桃色の爪の先が、つんつんとお百の目の下を突く。眼球をそのままえぐられてしまうのではと、お百は冷や汗が止まらなかった。

その怯えを嗅ぎ取ったかのように、ぬいは手を引っこめた。

「大丈夫よ。指先で目玉をえぐったりはしないから。そんなことしたら、せっかくの目がつぶれて台無しになってしまうもの。ちゃんと道具を使うから。ほら、見て。まず、邪魔なまぶたをこの鋏で切るの。それからね、このおさじで傷つけないように、ゆっくりえぐりとるの。大丈夫。あたしは上手だから。犬や猫のはもう何度も取ったことがあるんだから」

「……あ、あたしの目を取って、どうする気だよ?」

「もちろん、大事にするわ。目玉って、持ち主から外してしまうと、すぐに白く濁ってしまうから捨てるしかないんだけどね。でも、お百さんのは捨てないわ。飽きるまで見続けて、濁ってきたら、思いきって飲みこんであげる。そうしたら、あたしとお百さんはずっと一緒にいられるでしょ？」

「……あんた、本当に化け物だね。あんたの親父や家族が、どうしてこれまで気づかなかったか、不思議でならないよ」

ぬいの顔に冷笑が浮かんだ。

「ふふふ。おとっつぁんもおっかさんも、あたしの上っ面しか見てないもの。かわいくて無邪気で、甘え上手な優しい娘。それがあの人達がほしいもの。だから、そういう娘になりきった。……今回だってそうよ。毎日泣いてやったわ。あたしはお百さんが言ったとおり、まともじゃないのかもしれないって。化け物みたいな娘なのかもしれないって。もう二人ともおろおろしちゃって、あたしを必死になだめてきたわ」

「で、泣き顔の下で、あんたはべろを出していたわけだ。みんなをだまくらかしていることが、楽しくてならなかったんだろ？」

「そうなの！　よくわかるわね。さすがお百さん。ああ、お百さんのこと、やっぱり好きよ。あたしのこと、わかってくれるんだもの。残念ねぇ。そんなきれいな青い目を持ってなきゃ、ぜひお友達になりたかったのに」

本当に残念そうに言いながら、ぬいは手早く動き、お百の口に手ぬぐいを押しこんだ。

「悪いんだけど、こうさせてもらうわね。ほんとは悲鳴を聞かせてもらいたいけれど、それで邪魔が入ったら、何もかも台無しになってしまうから」

そうしてぬいは、今度は鋏を手に持ち、お百の上にかがみこんできた。お百は芋虫のように体をくねらせ、なんとか逃げようとした。

「んんんっ！　むむん！」

「ほらほら、動くとかえって危ないわよ」

優しい口調で言いながら、ぬいは手を振るった。

ざくりと、鋏がお百の頬を切り裂いた。かなり深く、痛みも強い。

思わずひるむお百のあごを、ぬいはがっちりと片手でつかんだ。

「いい子だからおとなしくしてね。絶対にしくじりたくないんだから。傷一つなく、そのきれいな目を取りだしたいんだから」

鋏の先がぐんぐん自分の左目に近づいてくるのを、お百はなすすべもなく見ているしかなかった。恐怖で全身が引き裂かれそうだ。

助けて！

心の中で幼子のような悲鳴をあげた時だった。

うわっと、ぬいがいきなりのけぞった。その白いくるぶしには、小さな茶色の子狸が食らいついていた。

子狸の目は焦点が合っておらず、口の周りには緑の泡がこびりついている。そんな有様にもかかわらず、ぬいの足にしっかと牙を食いこませていく。

「この！　痛い痛い！　どこから入ってきたのよ！　痛いってば！」

泣きながら、ぬいは鋏を子狸に振り下ろそうとした。だが、お百が体を転がし、体当たりという名の足払いを食らわせた。

思わぬ攻撃に、ぬいはたまらずに倒れた。

ここでお百はなんとか口の手ぬぐいを吐き出したのだ。息を吸いこみ、お百は大音声を放った。

「猿丸！　猿丸、来とくれ！」

怒ったぬいがお百を押さえつけにかかってきた。まだ足首には子狸が嚙みついたままだというのに、目を血走らせ、鋏を振りかぶってくる。

お百は慌てて体を転がし、今度はうつ伏せになって、顔を畳に押しつけた。だが、ぬいは娘とは思えぬような力でお百をひっくり返し、鋏を振り下ろしてきた。

目だけは守ろうと、お百は必死でもがき、首を振って暴れた。ぬいの鋏は常に目を狙ってきたが、狙いはそれて、額や頬を傷つけていく。

「大事にしてやるって言ってんのに！　な、なんでわからないのよ！　ちょうだい！　ちょうだいよ、それ！」

「や、やなこった！　いたた！　猿丸！　まだなのかい！　猿丸ってば！」

助けを求める叫びは、ようやく聞き届けられた。

そっと戸が開き、三軒隣の部屋に住む猿丸がおっかなびっくりの様子で顔をのぞかせたのだ。年齢不詳の顔を持ち、男か女かすらもわからない猿丸は、今日は娘向けの派手な小袖を着て、しなしなしていた。

「なんなのよぉ、お百ちゃん。いきなり大声で人を呼びつけ……ひ、ひえええっ！」

娘に組み敷かれ、顔を血だらけにしたお百の姿に、猿丸は腰を抜かしそうになった。その猿丸を、お百は怒鳴りつけた。

「猿丸！　あんたは武芸達者な浪人だ！　この娘をとっ捕まえておくれ！」

そう叫びかけられたとたん、猿丸の表情が一変した。なよなよと気弱げだった顔がきゅっと厳つく引き締まり、雰囲気も堂々としたものとなる。

「まかせろ！」

頼もしく叫び返すと、猿丸はぬいに向かっていった。

ぬいは鋏を振り回したが、猿丸はいとも鮮やかにぬいの手首をつかみ、ぐいっと体を回転させた。

とたん、ぬいの体は宙を舞い、激しく土間へと投げ落とされた。

「がっ！」

しわがれた声をあげて、ぬいは動かなくなった。

猿丸は手早くお百の縛めを解き、今度はその縄を使って、白目を剝いて気絶しているぬいの体を手早く縛りあげた。

それからもう一度お百の傍らへと戻った。

「大丈夫か、お百？」

「いててて。か、顔がずたずたになっちまった気がする」

「大丈夫だ。傷はどれも浅いぞ。あとで毒尼に薬をもらえばいい」

言葉遣いまで、武士らしくなっている猿丸。与えられた役になりきることができる、稀代の役者なのだ。

こいつに助けを求めて正解だったと思いながら、お百は顔の手当ても後回しにして、床に転がっていた子狸を抱きあげた。

よかった。まだ息をしている。

そのことにまずほっとしながら、お百は子狸に水を飲ませた。

と、うっすらと子狸が目を開いた。

「大丈夫かい、焦茶丸？」

「お百、さ、ん……おいら、歯、歯が欠けちゃった、かも」

小さくささやき返してくる子狸に、お百は笑った。笑わないと、涙がこぼれそうだったからだ。

猿丸に聞こえないよう、さらに小さな声でささやき返した。

「平気だよ。歯はきれいに揃ってるから。……あんた毒を盛られたそうだ。でも、死ぬことはないそうだから。安心しな」

「お、お、お百さんは、も、もう大丈夫？」

「ああ。あんたのおかげでね。だから、眠れるなら眠っちまいな。体を休めりゃ、それだけ早く毒も抜けるだろうから」

「は、い……」

焦茶丸は素直に目を閉じた。

焦茶丸を抱いたまま、お百は後ろを向いた。猿丸が土間に降りて、ぬいをしげしげと見ているところだった。

「なんなのだ、この娘は。見たところ、物取りではなさそうだが……どうする？　番屋に突き出すか？」

「いや、この娘を突き出すのはそこじゃない。……あんた、悪いんだけど、もう一仕事してくれないかい？　廻船問屋の逆波屋ってわかるかい？」

「知っているぞ。立派な看板をかけた大きな廻船問屋だ」

「今からそこに行って、店の主人の右衛門って人に、あたしのところに娘がいるって伝えてほしい。迎えに来てやってくれって」

「あいわかった。すぐに行ってくる。……これで二つ貸しだぞ、お百」

「わかってるよ。今度、あんたの頼みごとをなんでも聞いてやるから」

「うむ。では、行ってくる」

きびきびとした足取りで、猿丸は部屋から出て行った。

半刻後、駕籠を従えて、逆波屋右衛門が化け物長屋に駆けつけてきた。

やってきた右衛門は、最初は敵意と警戒心にみなぎった顔をしていた。たぶん、お百が娘を化け物長屋に呼びよせたとでも思っていたのだろう。

だが、傷だらけのお百を見るなり、うろたえた顔となった。血が止まったばかりの生々しい傷跡に、声も出ない様子だ。

そんな右衛門に、お百は静かに言った。

「こいつはおじょうさんがつけてくれたもんですよ」

「ぬ、ぬ……」

「ええ、ぬいさんがね。あたしの目がほしかったそうです。珍しい青い目だから、えぐりとって自分の手元に取っておきたいんだってね。そのために、うちの小僧に毒まで盛ってくれましたよ」

「いや、そ、そんな……まさか」

「……いい加減わかりな、この糞馬鹿親父!」

がんと、お百は荒々しく床を叩いた。

「あんたの娘は化け物だ！　血なまぐさい遊びが大好きでたまらない、残忍な鬼っ子なんだよ！　すでに人も殺してる。自分でそう言ったんだ。証拠はないから、あたしもお上に訴えることはできないがね。……それでも娘がかわいいって言うなら、これ以上誰も傷つけることがないよう、どこかに閉じこめることだ。そうしないと、遅かれ早かれ、娘は獄門さらし首にされることになるだろうよ」

「ご、獄門……」

「ああ、そうさ。あたしが言ったことが少しでもわかったなら、話はそれで終わりだ。娘を連れて、とっとと帰っておくれ」

右衛門は我に返ったように、あたふたと縛られたままの娘を抱きあげ、外で待っている駕籠の中へと運んだ。

そのあとでもう一度、お百の前に戻り、頭を畳にこすりつけた。

「ご迷惑を、おかけしました……二度と娘は、ここには来させませんから」

「当たり前だよ、そんなの」

「はい。は、はい。まったくで。で、ですので、な、なにとぞご内密に」

「……内密にするかどうかは、あんたの誠意によるね」

「は、はい。必ず。あの、必ずご満足いただけるものを、あとでお届けします。ですので、今はどうかご勘弁を。どうかどうか」

ぺこぺこしながら、右衛門は帰っていった。

お百は戸口に塩をまいたあと、土間からあがって、布団の横に腰をおろした。布団には狸姿の焦茶丸が丸くなっていた。あれから眠ったきりだが、呼吸は安らかだ。

少しためらったものの、お百は手を伸ばして焦茶丸を撫で始めた。気持ちがいいのだろう。焦茶丸の寝息に、きゅるきゅると、喉を鳴らすような音が混じりだした。

そのまま撫で続けながら、お百はつぶやいた。

「あの馬鹿親父の様子からして、こりゃ百両くらいもらえるかもしれないね。でも、正直、百両でも割に合わないって言いたいね。あんたもそう思うだろ？　……でも、こいつが手に入ったのは大きかったかもね」

そう言って、お百が懐から取りだしたのは、ぬいが箱に入れていた山神の鱗だ。右衛門が来る前に、懐に入れておいたのだ。

きらきら光る鱗を指先で弄びながら、お百は焦茶丸にささやいた。

「あんた、これを見たらきっと大喜びするだろうね。うわあ、信じられないとか言ってさ。……だけど、あたしの目といい、山神様の鱗ってのはろくでもない災いを振りまいてくれるもんだよ。これさえなかったら、あの小娘だって……いや、そうでもないか」

間違ってこの世に生まれてきてしまったかのような娘。

獣の性《さが》を持つ娘。

たとえ何があろうと、あの娘が殺しの衝動を抑えられるはずもないのだ。

「……あの馬鹿親父があたしの忠告を聞いて、娘をちゃんと座敷牢にでも閉じこめてくれりゃいいんだけど。ま、この傷を見せつけたのはよかったかもね。これがなきゃ、あいつ、絶対に信じようとしなかっただろうし。……とにかく、ああいう類いの人間には二度とお目にかかりたくないもんだ。てて っ！　ちくしょう。しばらく何か食べるのもつらいかもしれないねえ。とんだ災難だったよ」

お百は激しく舌打ちした。

それから数月後、廻船問屋逆波屋での騒ぎが瓦版に載った。逆波屋の娘のぬいが自殺したのだ。

瓦版には、「ぬいは少し前から狐に憑かれており、離れに軟禁されていたのだが、症状が悪化し、とうとうかんざしで喉を突いた」と書いてあった。

ざっと目を通したあと、お百はその瓦版を火にくべてしまった。

ぬいが死んだことに驚きはなかった。そういうことになるのではないかと、ほのかに感じていたからだ。

きっと、あの娘は絶望したのだ。

大好きな遊びを禁じられたことに。

もはや生き物や人を手にかけることができないことに。

思いどおりに振る舞えないのなら、自分にとって本当に楽しいことが許されないのなら、もうこの世になんの未練もない。

だから自ら命を絶ったのだろう。

「逆波屋の人達には気の毒な話だけど……あの小娘にとっては、これでよかったのかもしれないね」

邪悪な欲望に突き動かされることなく、安らかに眠ってほしい。

娘の成仏と浄化を願うと同時に、あの無邪気な笑顔を一日も早く忘れたいと、お百は心から思った。

六

焦茶丸はしょげていた。

人の心を持たぬ娘ぬいの襲撃から十日あまりが経っており、すでに体は元どおり元気になっている。

ぬいの父親の右衛門は、とにかくお百達の口を封じたかったようだ。詫びという名の口止め料を、なんと二百両も持ってきた。千両箱の中身が一気に増えて、お百も焦茶丸も小躍りした。

おまけになんと、山神の鱗も手に入った。思いがけない収穫に、焦茶丸が飛び上がったのは言うまでもない。これを年の瀬に持って帰れば、来年の山の豊饒《ほうじょう》は、約束されたも同然。焦茶丸はまた山神からたっぷりお褒めの言葉をいただけることだろう。

散々な目にあったとは言え、最後はいいこと尽くし。終わりよければ全てよし、と言いたいところなのだが……。

毒入りの大福をむしゃむしゃ食べてしまったことが、いまだに焦茶丸の心の傷となっていた。

お百にも、これはけちょんけちょんに怒られた。

「普段、あれだけ鼻が利くって自慢してるくせに、毒に気づかなかったのかい？　どれだけ食い意地が張ってんのさ！　このあほたれ！」

心配したがゆえの厳しさだと、焦茶丸はちゃんとわかっている。それでもやはり落ちこんだ。

「でも……そもそも、おいら、毒の匂いなんて知らないし。……し、しかたなかったじゃないか。お百さんが大福を買ってきてくれたんだって、嬉しくなっちゃったんだもの」

だが、どう言い訳しても、ぬいの策にまんまとはまってしまったことに変わりはない。

おかげで、お百の顔は傷だらけになってしまった。いまだにくっきりと残る傷口を見るたびに、焦茶丸の胸はきゅっと締めつけられる。

自分がもっとしっかりしていれば、お百をちゃんと守れたかもしれないのに。少なくとも、ぬいに付け入る隙を与えたりはしなかっただろう。

お百の傷を癒やしたくて、山神から貴重な仙薬をもらってこようかとも思った。

だが、それはお百が断ってきた。

「あの小賢しい禿げ狐にやられた時は、かなりの大怪我だったからね。それが一気に治って、ありがたいと思ったよ。だけど、仙薬ってのはそうやたらに飲んでいいものじゃないとも思うのさ。こんな切り傷、普通の薬で十分だよ」

そう言われては、焦茶丸もそれ以上の手出しはできない。お百の傷がきれいに消えるまで、後悔や申し訳なさに責め苛まれるしかなさそうだ。

しかも、だ。

大金が入ったのをいいことに、お百の浪費がひどくなった。

今日だって、焦茶丸の目を盗んで千両箱から金をつかみだし、こっそりどこかへ抜け出そうとしたのだ。

気づいて、慌ててしがみつく焦茶丸に、お百はわめいた。

「いいじゃないか！　二百両も入ったんだから！　少しは使わないと」

「そう言って、どんどん使っていったら、貯まるものも貯まらないですよぉ！　こ、こら、だめです！」

「堅いこと言うんじゃない。あ、いたたっ！　傷が痛い！」

「えっ！」

思わずひるむ焦茶丸の隙を突き、お百は「土産、買ってきてやるからさ！」と、風のように外に出て行ってしまったのだ。

今日も止められなかったと、焦茶丸は肩を落とした。どうも傷のことを言われると、力が抜けてしまう。

「いい加減、気持ちを切り替えないとなぁ。……お百さんの傷、早く治らないかなぁ。あと、もっと仕事が来て、忙しくなれば、お百さんもお金を使うどころじゃなくなるんだけど。……はあ、そううまくはいかないかぁ」

焦茶丸はそれはそれは深いため息をついたのだった。

半刻後、お百が帰ってきた。しこたま飲んできたのだろう。顔は上気し、千鳥足だ。あきれたことに、手には酒の入った大徳利もしっかり持っている。家でも飲み直すつもりなのだろう。

「ただいまぁ。うへへへ」

ご機嫌で部屋にあがり、そのまま寝転がるお百。このぉっと、焦茶丸が目を釣り上げ、盛大に説教を食らわせようとした時だ。

「ごめんくださいまし」

柔らかな声がした。

焦茶丸は瞬時にしっぽを消し、戸口に駆けよった。だが、すぐには開けなかった。ぬいの一件以来、すっかり用心深くなったのだ。

戸越しに声をかけた。

「どちら様ですか？」

「同じ長屋の者です。乱恵《らんけい》と申します。お百さんに頼みたいことがありまして」

焦茶丸はそっと隙間から外をのぞいた。

確かに、そこには尼姿の女が立っていた。薄墨色の衣には、なぜか多種多様な匂いと血なまぐささが染みついていて、焦茶丸は鼻の奥がちりちりした。

匂いからして、怪しいことは怪しい。だが、悪意はまったく感じない。

ちょっと安心しながら、焦茶丸は戸を開いた。

「ごめんなさい。お百さんは今ちょっと……あんな状態なんです」

手足を大の字に広げて寝転がっているお百を、焦茶丸は指差した。

あらあらと、乱恵と名乗った尼は困ったように微笑んだ。歳は四十かそこら。ふっくりと下ぶくれの顔は、いかにも優しく福々しい。雰囲気も物腰も柔らかく、まさに御仏の使いと言うにふさわしい。いつもきりきり尖っているお百とは、正反対だ。

「これは困りました。……でも、こちらも急いでいますからねぇ。あなたは、えっと……」

「おいら、焦茶丸といいます」

「そう。焦茶丸。では、この薬を水に溶かして、お百さんに飲ましてあげてくださいな」

そう言って、乱恵は小さな紙包みを差しだしてきた。焦茶丸は後ずさりした。

「ど、毒ですか？」

「まさか。ただの酔いざましですよ。こんなこともあろうかと、持ってきたのです」

焦茶丸は恐る恐る紙包みを受け取り、くんくんと匂いを嗅いだ。ほろ苦い匂いだ。でも、首筋がぞわりとしない。飲んでも安全だと、体が告げている。

それでもためらっていると、乱恵が動いた。そばにあった水甕《みずがめ》から水を汲み、焦茶丸から紙包みを取り、中身をさらさらと柄杓《ひしゃく》に注いだのだ。中に入っていたのは、緑がかった灰色の粉末だった。

「あっ……」

粉末を入れたあと、乱恵はごくりと、柄杓の水を大きく飲んでみせた。

「どうです？　これで信じてもらえますか？」

「……わかりました」

意を決し、焦茶丸は柄杓を受け取って、お百へと近づいた。お百は乱恵が来ていることにも気づいていないのだろう。目を閉じ、ご機嫌で鼻歌を歌っている。

「お百さん。お百さん。水ですよ」

「んふぅ？　気が利くじゃないかぁ。ちょうど喉が渇いててさぁ」

薄目を開けるや、お百は焦茶丸から柄杓をひったくり、ごくごくと中身を飲み干した。

次の瞬間、その体がこわばった。

手から柄杓を落とし、喉を押さえるお百の様子に、焦茶丸は真っ青になった。やっぱり毒だったのか！

だが、お百は盛大にせきこんだだけだった。

「ごほほほっ！　まず！　苦い！　ちくしょう！　焦茶丸！　この馬鹿狸！　腐った水なんて飲ませやがって！」

えり首をつかまれ、焦茶丸は必死でわめき返した。

「ち、違いますぅ！　お、おいらのせいじゃないです！　あ、あの人が……」

焦茶丸は土間に立つ乱恵を指差した。そちらを見たとたん、お百はつぶされた蛙のような声を出した。

「げっ！　ど、毒尼じゃないか！」

「お百さん、こんにちは」

「くそぅ。ってことは、今のまずいのはあんたの仕業か！　毎回毎回なんてものを飲ませてくれんだよ！」

「それは、毎回毎回酔っ払っているお百さんが悪いのだと思いますよ。でも、おかげで頭も体もすっきりしたでしょう？　わたくしの自慢の酔いざましですからねぇ」

「けっ！　……で、仕事かい？」

「ええ」

「いつものかい？」

「そのとおりです」

乱恵は笑みを消し、手の平に載るほどの小さな箱をお百へと差しだした。お百はそれを受け取り、すぐに蓋を開けた。焦茶丸ものぞきこんだ。

「ひっ！」

思わず声が漏れてしまった。

箱の中には綿が敷き詰めてあり、その真ん中にぬるりとした濃い桃色の塊があった。それには黒い目らしきもの、そして小さな手足があった。

凍りついている焦茶丸にはかまわず、お百は乱恵に目を向けた。そのまなざしを受け、乱恵は静かに口を開いた。

「先ほど堕ろした子です。母親はまだ十四に満たぬ少女。醜聞を嫌った親に連れられ、わたくしのところに来ました。でも、それでよかった。わたくしが見たところ、あの幼すぎる体は出産には耐えきれなかったでしょうから」

「……あんたのことだ。うまく処置してやったんだろ？」

「ええ、それはもちろん。五日もすれば、元どおり動き回れるようになるでしょう。……子供の父親のことを頑として言わないそうです。何も知らない。覚えていない。そう言い張るばかり。……色々なことが立て続けに起きて、少し頭がおかしくなっているのかもしれません」

「で、あたしにこのかわいそうな赤ん坊の父親を捜せと？」

「言うまでもないでしょう？」

妙に酷薄な笑みを浮かべたあと、乱恵はそっと先ほどとよく似た小さな紙包みを差しだした。

「赤子の父親を見つけ、いつものように見定めてください。この薬を使うべき男かどうかを」

「ああ、わかったよ。……できるだけ早いほうがいいんだろうね？」

「もちろんです。……頼みましたよ」

そうして、乱恵は静かに出て行った。

息を押し殺していた焦茶丸は、かたかた震えながらお百を振り返った。

「あ、あ、あの人は、な、な、何者、なんですか！」

「毒尼かい？　子堕ろし専門の医者だよ。腕はたぶん、江戸一、いや、天下一かもしれないね」

「あ、尼さんなのに、子堕ろしをするんですか！」

「ありゃ一種の衣装だよ。ああいう姿だと、やってくる女達が安心するんだと。ああ、この人にまかせれば、産めなかった子供も成仏できそうだって」

「…………」

「さあ、仕事だ。焦茶丸、出かけるから、支度を手伝っておくれ」

「…………」

「なんだい、その顔は？」

「いえ、ちょっとびっくりして。お百さんがやる気満々で仕事しようなんて、珍しいなあって。……どういう風の吹き回しです？」

違うよと、お百は顔をしかめた。

「あいつの依頼はすぐに片づけたほうがいいんだよ。ぐずぐずやってると、あいつ、今度はほんとにあたしに毒を盛りかねないから」

「ど、毒？」

「子堕ろしに精通しているってことは、毒にも薬にも詳しいってことだからね。だから、あの女は毒尼って呼ばれているのさ。……でも、あいつが頼んでくる仕事は、あたしも嫌いじゃないんだよ。胸くそが悪いことは悪いけど、最後には胸がすっとするから」

「なんですか、それ？」

焦茶丸が首を傾げた時だ。ふいに戸口から風が吹きこんできた。

と思ったら、土間のところに、小さな狐がしょんぼりと座りこんでいた。その白い毛皮はほとんど丸刈り同然で、なんともひどい有様だ。

「あ、おまえは……禿吉！」

焦茶丸が叫んだとたん、ぶわっと、白狐は涙をほとばしらせた。

「ひどいぞ！　お、おまえまで禿吉って呼ぶなんて！」

「ご、ごめん。ま、真白って呼ぼうとしたんだけど、なぜか禿吉って言っちゃったんだよ」

「うわあああん！　やっぱり名前の上書きがされてるんだぁ！」

わんわん泣きながら、禿吉は土間に這いつくばり、お百に向かって頭を下げた。

「お願いしますよぉ！　お百様！　俺に名前を返してください！　こ、このままじゃ、お山に帰れません！　なんでもしますからぁ！」

「いやだね」

お百の声は真冬の夜風よりも冷たかった。

「あんたも、よくもまあ、のこのこと顔を出せたもんだ。一年どころか、まだふた月も経ってやしないじゃないか。とっとと失せな。あたしゃ忙しいんだ。あんたなんかに構ってられないんだよ」

「お願いします！　お、お願いしますお願いします！」

「ええい！　うっとうしいね！」

目を怒らせたお百は、禿吉を追い払おうと、柏手を打とうとした。だが、その手に、焦茶丸が飛びついた。

「ま、待ってください！」

「なんだい？　邪魔する気かい？　おまえをいじめてたやつだってこと、忘れたのかい？」

「わ、忘れてはいませんけど……」

どちらかと言えば、焦茶丸もこの白狐のことは嫌いだ。だが、同じ山神に仕える身として、お百のように冷たくはできない。なにより、さすがにかわいそうになってきていたのだ。

もごもごと口ごもる焦茶丸に、お百は面倒くさくなったように唸った。

「ああ、わかったよ。そんなら、追い払うのはやめだ。……禿吉、なんでもするって言ったね？」

「は、はい！　名前を返してくれるなら！」

「名前を返すかどうかはあんたの働き次第だ。ってことで、あたしの仕事をかわりにやってみな」

お百は小箱の中に入った胎児を見せた。

「この赤子の父親を突き止めてきな。今日の夕暮れまでに。あたしはここで待ってるから」

「つ、突き止めてきたら、名前を返してくれるんですね？」

「ふん。まあ、考えとくよ」

「やります！　やりますとも！」

生き返ったように、急に禿吉は元気になり、ぽんとその場で宙返りを打った。

とたん、そこにはきれいな少年が現われた。だが、頭は手ぬぐいでしっかりとほっかむりをしている。

「じゃ、行ってきます！　絶対に突き止めてきますから！」

そう叫んで、少年は外へ飛び出していった。

焦茶丸は急いで立ち上がった。

「お百さん、お、おいらも手伝ってきます」

「ふん。好きにしな」

お百はとことん素っ気なかった。


追いついてきた焦茶丸に、真白こと禿吉は何も言わなかった。二人はしばらく黙って歩き続けた。

最初に口を開いたのは焦茶丸だった。

「あれからずっと人界にいたのかい？」

「ああ。……こんな姿、お山の連中に見られたくないから、ずっと隠れてた。毛が生えそろうのを待ってたんだ」

それにしてはと、焦茶丸はちらりと禿吉の頭を盗み見た。さっきの白狐の姿でも思ったが、お百に刈りこまれた時とほとんど変わっていなかった。

そのことを言ったところ、禿吉の顔がくしゃりと歪んだ。

「そうなんだよ。毛が、ぜ、全然伸びてこないんだ！」

「ありゃりゃ……」

どうやらお百の恨みと怒りの念が強すぎて、毛が伸びてこないらしい。

お百の許しをもらえないかぎり、ずっと禿げのままかもしれない。

禿吉は恐れおののき、それで許しを請いに、思いきって長屋を訪れたのだという。

「ともかく、な、名前だけでも返してもらいたいんだ。そうすれば、お山に帰って、主様に毛を生やしていただけるかもしれないし。こ、こんなみっともない姿で、しかも禿吉なんて名前のまま、絶対にお山には帰れない」

「……まあ、気持ちはわかるけど。でも、お百さん、禿吉には相当怒っていたからなぁ。そうすぐには怒りを解いてくれないと思うんだけど」

「は、禿吉って言うな！」

「うん、まあ、気をつける。……男を見つけたら、合図するよ」

「俺も」

そうして、二人は次の路地で二手に分かれた。

今日中に見つけられるだろうと、焦茶丸は確信していた。自分も禿吉も、それぞれ鼻が利く。捜すべき匂いももう覚えてきた。

赤子の亡骸には三つの匂いがあった。赤子自身の匂い。母親の匂い。そして、父親の匂い。

その父親の匂いを嗅ぎあてればいい。雨が降っていなければ、二日前のものを二里先からでも嗅ぎ取れるのだ。

焦茶丸は鼻まかせに、町中をうろうろと歩き回った。

と、ふいに目の前に小さな青白い狐火がぱちんと現われた。

狐火はすぐにかき消えたが、焦茶丸はその意味を理解した。

禿吉が男を見つけたのだ。

今度は急いで禿吉の匂いを追っていった。

やがて、禿吉にたどりついた。禿吉は天水桶の陰に隠れて、しきりに通りの向こうを見ていた。

焦茶丸も足を忍ばせ、禿吉の後ろに張りついた。

「禿吉……」

「その名前で呼ぶなってば。……見つけたよ。あいつだ。そう思うだろ？」

禿吉が指差した先、通りの向こうの茶屋に、男が一人いた。茶屋の娘らしき少女と、何か笑い合っている。歳は二十そこそこで、驚くほどの美男だ。その体から漂ってくるのは、あの赤子についていたのと同じ匂いだ。

「……うん。間違いない」

焦茶丸はうなずいた。


戻ってきた焦茶丸達を見ても、お百はそれほど驚かなかった。

「ふうん。もう見つけたのかい。なかなか早かったじゃないか」

「そ、それじゃ名前を返してくれるんですね！」

勢いこむ禿吉の鼻の頭を、お百はばしっと指ではじいた。

「馬鹿。仕事はこれで終わりじゃないよ。そいつがどんなやつか確かめなきゃならないんだ。……小娘を平気で食い物にするようなやつか、それともそうじゃないのか」

案内しなと、お百はさっと立ち上がった。その体からは、いつもとは少し違う気迫のようなものが発せられていた。

そうして二人はお百を連れて、先ほどの若い男のもとへと戻った。

男はまだ茶店にいた。今度は別の小娘を傍らに座らせ、何か熱心に話しかけている。娘の幼い顔が嬉しそうに赤らんでいるところを見ると、何かちやほやするような言葉を投げかけているのだろう。

身を潜めたまま、お百はじっくり男を眺めた。

「ほう。ありゃたいした色男じゃないか。役者でもやれそうなくらいだね」

「おいら、ちょっと周りの人に聞いてみたんですけど、名前は雅彦《まさひこ》というそうです。大きな絹物問屋の長男坊だそうで。優しくて気が利いて、近所でも評判の孝行息子だそうです」

「お、俺だってちゃんと聞きこみしましたよ」

手柄を主張するかのように、禿吉が割りこんできた。

「あいつ、あの見た目だから、とにかく女にもてるそうです。でも、浮いた噂は一つもなくて。今は商売を覚えるのが先だからって、色街にも行かないそうです」

「ふうん。優しくて、しかも真面目な男ってわけだ。だが、はたしてそれがあいつの本当の姿かね。なにしろ、十四にもならない娘に手を出したのは確かなんだから。どれ、ちょいと見てみるか」

そう言って、お百は眼帯を外した。そして男を見るや、またすぐに眼帯をつけ直したのだ。

「お百さん？　ど、どうしたんです？」

「……だめだね、ありゃ」

「だめ、でしたか？」

「ああ。……外道だよ」

憎々しげにお百は吐き捨てた。

「ありゃ、散々娘を食い物にしている。それも、何もわかっていない幼い子ばかり狙ってる。若すぎる娘があいつの好みなんだ。やつの影は真っ黒で、裸の女の子達の体がいっぱい浮かんでいた。ちくしょう！　ああいうのは本当にこの手で殺してやりたいくらいだよ！」

いつになく物騒なことを口にするお百。その体からは憤怒の焔が立ちのぼっている。その剣幕に、焦茶丸も禿吉も何も言えなくなってしまった。

ようやく焦茶丸が恐る恐る言った。

「で、でも、そんなこと続けてきたのに、どうして誰にも知られていないいんでしょう？」

「それだけ外面がいいからだろう。それに、ずる賢くて口がうまいとくりゃ、目をつけられた小娘はひとたまりもない。たぶん、娘達は無理やり手込めにされたわけじゃない。心底あいつに惚れて、体を許してしまったんだろう。それがどんな意味を持つかもまだ知らないで。……本当に私が好きなら証しをおくれ。私の言うことをなんでも聞いて、しかもそれを誰にも言わない。そう誓えるかい？　……そんなことでもほざいて、まんまと小娘達を言いくるめていったんだろうよ」

「そ、それじゃどうするんです？　あっ！　もしかして、八丁堀のまたたび旦那に訴えるんですか？」

「馬鹿言うんじゃないよ。そんなことしたら、これまでやつに食い物にされた娘達が世にさらされちまう。娘達も、その親達も、関係ない、そんなことはなかったって、必死で口を揃えるだろうよ。……それほどの醜聞なんだよ、これは」

あの男はそれを知っている。自分の罪の重さを盾にして、自分の身を守っている。吐き気がするほどいやらしい。

お百は憎悪のまなざしを雅彦という男に向けた。本当の姿を見てしまった今は、やつの水もしたたるような笑顔すらけだものにしか見えなかった。

ふいに、お百はにやりとした。

「だが、それがわかったからには放ってはおかないよ。仕事はきっちりすませるのが、このお百様の決まりだからね。……おい、禿吉」

「は、はい！　なんでしょう！」

「あんた、狐なんだろ？　狐ってことは、それなりに術とか使えるんだろう？」

「で、できますよ。と言っても、人を夢見心地にして、沼に迷いこませるくらいですけど」

「上出来だ。じゃ、そいつをやってもらおうか。……外道を地獄に落としてやる！」

歯を剝き出すようにして笑うお百に、禿吉はもちろん、焦茶丸ですらおののいたのだった。


すっかり日も暮れた頃、雅彦は上機嫌で家への道を歩いていた。

このところ、足繁く通っている茶店の姉妹おていとおいち。おていは十四で、おいちは十二。どちらもかわいらしくて、色が白いところが雅彦の好みだ。

二人とも、だいぶこちらに懐いてきたし、もうじき手に入るだろう。特においちのほうがほしかった。娘達を弄ぶいつもの小屋には、どうやって誘いこもうか。ことが終わったあとは、泣きじゃくる子も多いから、それを慰めるために色々と甘い言葉、それにちょっとしたかんざしなども用意しておかなければ。

そんなことを考えながら、歩いていた時だ。

ふいに、柔らかなものが足にぶつかってきた。

「えっ？　な、なんだい？」

慌てて見てみれば、少女が足にしがみついていた。

「兄ちゃん！　兄ちゃん！　どこ行ってたのぉ！」

泣きながらしがみついてくるところを見ると、迷子らしい。歳は十くらいか。顔は見えないが、うなじの色は抜けるように白かった。

ざわりと、雅彦の胸が騒いだ。今は暗いし、ちょうど道には人気もない。誰もこの子を知らず、誰も自分のことを見ていない。

ごくりと生唾を飲みこみながら、雅彦は少女に優しく話しかけた。

「ごめんね。たぶん、人違いだよ。あたしは兄ちゃんじゃないんだよ。でも、一緒に捜してあげるから。もう安心していいから、ほら、顔をあげてごらん」

ゆっくりと、少女が顔をあげた。

はっとするような美しい子だった。涙をためた目、ちょっと赤くなった鼻先まで愛らしい。

雅彦の中の獣が雄叫びをあげた。

食いたい！　この子をぜひとも食いたい！

どくどくと、血が高ぶってくるのを抑えこみながら、雅彦はさっと周りを見た。

ちょうどよく、向こうに深い草むらがある。あの中なら人目につかない。娘の口は猿ぐつわをしてしまえばいい。そうすれば悲鳴があがることもあるまい。

はやる心を落ちつかせながら、雅彦はとっておきの笑顔を向けた。

「あ、そうだ。そう言えばね、あたしに似た若い人が、あっちの草むらに入っていくのを見たんだよ。おまえさんの兄さんじゃないかな？　どうだい？　一緒に草むらに行ってあげようか？」

「……うん。お願い」

小さな手が雅彦の手の中にすべりこんできた。

しめたと、雅彦は笑った。これでこの子は自分のものだ。

早く思うままに嬲ってやりたいと、雅彦は少女の手を引いて、草むらに早足で入っていった。少女はまったく逆らわなかった。

だが、草むらの奥深くまで踏みこみ、いよいよとばかりに雅彦が足を止めようとした時だ。

少女の手がするりと抜けた。

振り返った雅彦は、目を疑った。少女の姿がなかったのだ。今の今まで、手を握って一緒に歩いてきたのに。

どこに行った？　まさか、逃げたのか？　いや、逃がさない。絶対に逃がさない。

「おじょうちゃん。どこだい？　あたしと一緒じゃないと、兄さんを見つけられないよ？」

呼ぶと、かすかに返事があった。逃げたわけではなさそうだ。

胸を撫で下ろしながら、雅彦はさらに甘い声で呼びかけた。

「どこだい？　どこに行っちゃったんだい？」

「……ここ」

「ここって？」

「ここ。ここなの」

声はすれど、姿は見えず。

いつの間にか、雅彦は真っ暗闇に取り残されていた。今が夜だとしても、あまりにも暗すぎる。手に持っている提灯《ちょうちん》すらも明るさを失って、何も照らしださないのだ。

何かがおかしいと気づいた時、ふいに一気に声が膨れ上がってきた。

「おとっつぁん……」

「おとっつぁん……ここ」

「ここだよ」

「こっちなの」

たくさんのか細い声が下からわきあがってくる。

雅彦は慌てて下を見た。

「ぎゃあああああっ！」

悲鳴をあげてしまった。

足下は、うぞうぞとうごめく赤い赤子でいっぱいだった。みんなとろけた目で雅彦を見ており、短い手を雅彦へと差し伸べてくる。唇のない口からは、さかんに「おとっつぁん」という叫び声があがっている。

逃げようにも、雅彦は足が動かなかった。それをいいことに、赤子達はぬめぬめと湿った手足を使い、雅彦の足を伝い、どんどん体に這い上ってくるのだ。

ついに、一人が雅彦の顔までやってきた。赤子の目はつぶらで、まるで黒い碁石のようだった。それでいて恨みに満ちている。

「おとっつぁん……」

「うわあああああっ！」

ついに、雅彦は気を失い、ばったりと倒れ伏した。

その体に張りついていた無数の赤子達は、夜風に溶けるように消えていき、かわりに三人の人影が雅彦を取り囲んだ。

言わずとしれたお百、それに焦茶丸と禿吉である。

蛆虫《うじむし》でも見るような目で雅彦を見下ろしながら、お百は禿吉に声をかけた。

「上出来だよ、禿吉。たいしたもんじゃないか」

「あ、ありがとうございます！　光栄です！」

「どれ、それじゃ最後の仕上げをしようかね」

そう言って、お百は雅彦の口をこじ開け、そこに黒い小さな丸薬を落としこんだのだ。

焦茶丸がぎょっとしたように目を見張った。

「こ、殺しちゃうんですか？」

「そうしてやりたいところだけどね。でも、これはある意味、死ぬより辛いと思うよ」

「えっ？」

「けけ。毒尼特製の不能薬さ。こういうけだものにはこの薬が一番よく効くんだ。こいつはもう二度と、どんな女も抱けない。一物がどんどんしなびて、縮んで、しまいには毛虫ほどの大きさになっちまうからね。もちろん、一生子供だって持てやしない。ざまあみろさ！」

ひえええと、なんとなく内股になっている焦茶丸と禿吉に、お百は「帰るよ」と声をかけた。


数日後、焦茶丸が井戸の水を汲んでいると、乱恵が通りかかり、声をかけてきた。

「こんにちは、焦茶丸」

「あ、ら、乱恵さん。こんにちは……」

焦茶丸の声は自然とか細くなった。

この尼にどう接すればいいのか、まだよくわからない。子堕ろしをしていると聞くと、どうしても体がすくんでしまうのだ。

そうした反応は珍しくもないのだろう。乱恵は変わらず穏やかに微笑んだ。

「先日はお世話になりましたね」

「い、いえ……ほんとのこと言うと、例の男を見つけたのもとっちめたのも、おいら達じゃないんです。おいらの、と、友達がやってくれて」

「おや、そうだったのですか？　では、そのお友達にもぜひともお礼を言いたいですね。今、どこに？」

「……もう帰りました」

そう。あの白狐はもうお山に帰ってしまった。禿吉の名のままで。

結局、お百は名前を返さなかったのだ。

「やっぱりやだ。あんたに嘘をつかれたせいで、心の傷がまだ疼くんだ。もう少し禿吉のままでいな」

「そ、そんなぁ！」

わんわん泣き出す禿吉が気の毒で、とうとう焦茶丸はしまっておいた山神の鱗を渡したのだ。

「ほら、これ。これ持ってお山に帰りなよ。そうすれば、主様に褒めていただける。

ついでに、毛並みも元どおりにしていただけるかもしれないよ？　そうなれば、名前が禿吉でも、そんなに恥ずかしくないだろ？」

「こ、焦茶丸……い、いいのか？」

「うん。そのかわり、二度とお百さんの鱗は狙わないこと。いいね？」

「……わかった。あ、ありがと。その……色々とごめんな」

「いいよ」

そうして鱗を大事に持って、禿吉は帰っていったのだ。お百には「せっかくの手柄を譲ってやるなんて、甘いこった」と嫌味を言われたが、焦茶丸は気にしていなかった。

もう誰かの涙を見るのはまっぴらな気分だったからだ。

そんなことを思い出している焦茶丸に、乱恵がしみじみとした声音で言った。

「まあ、誰のおかげにせよ、ともかく助かりましたよ。そういう外道は死ぬまで娘達を毒牙にかけますからね。これでどれほどの娘達が救われたことか。……これでわたくしも、何人もの赤子を堕ろさずにすんだことでしょう」

「す、好きでやっているのではないんですか？」

「こんなこと、しないですむなら、どんなによいか。でも、そうはいきません。

……わたくしのもとにはたくさんの女達がやってきます。すでに子だくさんで、とても育てられないから。見知らぬ男に襲われて孕んでしまったから。病弱で、このままでは母子共々死ぬしかないから。理由は様々ですが、みんな救いを求めている。だから、わたくしも女達の願いを叶えるのです」

「で、でも……赤ん坊に罪はな、ないのに」

「そのとおり。ですから、子殺しの罪は全てわたくしがかぶります」

優しく、だがきっぱりと乱恵は言い切った。

「好きで子を堕ろす女はいない。でも、産みたくても産めない女がいる。……わたくしはどちらの苦しみも知っています。わたくし自身、道ならぬ恋ゆえの子を宿し、こっそり子殺し婆を頼みました。でも、その女のやり方はひどいもので……わたくしは死にかけた上、二度と子供を産めない身となりました」

「そんな……」

「だから決めたのです。わたくしのような女を二度と作らないために、力を尽くそうと。的確な処置と薬の配合で、女達にはできるだけ苦痛を感じぬようにしてあげたい。それだけを考え、これまでやってきました。そして、これからも続けていく」

「…………」

「わたくしは死んだら地獄に堕ちるでしょう。たくさんの子供を手にかけた罪によって。でも、母親達にはなんの罪もないと、閻魔様の前ではっきりそう言うつもりです。閻魔様もわかってくださるでしょう」

焦茶丸は声が出なくなってしまった。

この女はもう決めている。地獄に堕ちることを。でも、それはなんという優しさゆえの業だろう。

うつむき震えている焦茶丸に、乱恵は寂しげに声をかけた。

「わたくしのことが恐ろしいですか?」

「いえ……」

焦茶丸は顔をあげ、まっすぐ乱恵の目を見た。

「乱恵さんはきっと地獄には堕ちないと、おいら思います」

はっとしたように息をのむ乱恵に、焦茶丸は小さく笑いかけた。

「そう言えば、乱恵さんは薬のこととか詳しいんでしょう? 今度、おいらにも調合とか膏薬の作り方とか教えてもらえませんか?」

「薬を? いいですけど、でも、どうして?」

「お百さんがけっこう怪我することが多くて。でも、おいらが薬を作れたら、どんな時も安心でしょ？」

そういうことならと、乱恵はうなずいた。

「いいですとも。お客さんがいない時なら、いつでも喜んで教えてあげましょう。……ありがとう、焦茶丸」

乱恵の声は心なしか潤んでいた。


乱恵と別れた後、焦茶丸は水桶を手に歩き出した。

と、細い路地の向こうから、若い娘がこちらに歩いてくるのが見えた。頭巾を目深にかぶり、さらにうなだれるようにして顔を伏せ、一歩ずつ前に進む娘。かすかに片手を腹に当てている。まるで腹を守るように、庇うように。

すれ違った時、焦茶丸は娘の悲しみと涙の匂いを嗅ぎ取った。

乱恵のところに行くのだとわかり、焦茶丸はなんとも言えない気持ちで胸が詰まった。

あの娘にも、乱恵にも、どうかどうかいっぱいの幸せがありますように。

焦茶丸の祈りのつぶやきを、暖かい春風がふわりと運び去った。

エピローグ

　焦茶丸が井戸から戻ったところ、開口一番、お百が「遅い！」と怒鳴りつけてきた。

「水を汲みに、どこまで行ってたんだい！　富士の裾野まで行っちまったかと思ったよ。せっかく左近次から団子をもらったってのに。あんたがいつまでも帰ってこないから、団子の前で待ちぼうけを食ったじゃないか！」

「……別に先に食べててくれてもよかったのに」

「ふん。この前みたいなことが起きたら困るからね。食うなら一緒のほうがいいだろ？　んなこたぁいいから、とっとと団子を食うよ。腹減っちまった。あ、その前にお茶！」

　頭ごなしに命じられ、焦茶丸はさすがにかちんと来た。

「……ねえ、お百さん。せめて、お茶煎れておくれ、とか、お茶を飲みたいんだけど頼めるかい、とか言えないんですか？」

「なんだい？　文句でもあるのかい？」

「文句はないですけど、けっこういらっとします」

　ここで、焦茶丸はすばらしい脅し文句を思いついた。

　ねっとりとした声音で、焦茶丸は言った。

「……気をつけたほうがいいですよ。おいら、仮にも台所を預かっているんですからね。腹に据えかねて、お百さんの味噌汁に痺れ薬を盛る、なんてことも、いつかしてしまうかもしれませんよ」

「脅す気かい、こら！」

「ふふん。でも、ほんとにやろうと思えば、いつでもできるんですよね。だって、おいら、乱恵さんとお友達になったんで」

　げっと、お百が目を剝いた。

「毒尼と？　お友達ぃ？」

「乱恵さんです。そんなひどい名で呼ばないであげてくださいよ」

「あの女なんざ毒尼でいいんだよ。そんなことより、ほ、ほんとなのかい？」

「はい。これから色々教えてもらうつもりです。ちょっと聞いたんですけど、お薬にする薬草って、毒があるものも多いそうですよ。……むへへ」

「なんだい！　何をするつもりなんだい！」

「さあて。どうしましょうかねえ」

珍しく怯えるお百の顔を楽しみながら、焦茶丸はお茶の支度にとりかかった。

本書は書き下ろしです。

失せ物屋お百

首なしの怪

廣嶋玲子

2020年9月5日　第1刷発行

発行者　千葉 均
発行所　株式会社ポプラ社
〒102-8519　東京都千代田区麹町4-2-6
電話　03-5877-8109(営業)　03-5877-8112(編集)
ホームページ　www.poplar.co.jp
フォーマットデザイン　bookwall
校正・組版　株式会社鷗来堂
印刷・製本　中央精版印刷株式会社

N.D.C.913/226p/15cm　ISBN978-4-591-16779-3

落丁・乱丁本はお取り替えいたします。小社宛にご連絡ください。
電話番号　0120-666-553
受付時間は月～金曜日、9時～17時です(祝日・休日は除く)。

P8101413

浜風屋菓子話
日乃出が走る〈一〉新装版

中島久枝

老舗和菓子屋のひとり娘・日乃出は、亡き父が遺した掛け軸をとりかえすため、「百日で百両、菓子を作って稼ぐ」という無謀な勝負に挑む。しかし、連れられたのは、客が誰も来ない寂れた菓子屋・浜風屋。仁王のような勝次と、女形のような純也が働くが、二人とも菓子作りの腕はからっきしで――。はたして日乃出は奇跡を起こせるのか？　いつもひたむきな日乃出の姿に心温まる人情シリーズ第一弾！

失せ物屋お百

廣嶋玲子

「化け物長屋」に住むお百の左目は、人には見えないものを見る不思議な力を持つ。お百はその目を使っていわく付きの捜し物を行う「失せ物屋」を営むが、そこに化け狸の焦茶丸が転がりこんできて――。忘れた記憶、幽霊が落とした簪。奇妙な依頼に隠れた江戸の因果を、お百と焦茶丸が見つけ出す。

ポプラ文庫好評既刊

けものよろず診療お助け録

澤見彰

同心の娘・亥乃が出会ったのは、比野勘八と名乗る青年。挙動が怪しいが、亥乃が抱えるウサギの不調を見抜き、手当の方法を伝えてくれた。勘八は薩摩藩の武士だが、前島津公が集めた様々な動物が暮らす「蓬山園」を管理しており、動物の知識は藩邸一だという。勘八の下には不調を抱えた動物たちが連れてこられるが、その裏には色んな事件が隠れており……。もふもふ多め、心温まるお江戸の動物事件簿！

ポプラ文庫好評既刊

夏空白花

須賀しのぶ

1945年夏、敗戦翌日。昨日までの正義が否定され、誰もが呆然とする中、朝日新聞社に乗り込んできた男がいた。全てを失った今こそ、未来を担う若者の心のために、戦争で失われていた「高校野球大会」を復活させなければいけない、と言う。記者の神住は、人々の熱い想いと祈りに触れ、全国を奔走するが、そこに立ちふさがったのは、高校野球に理解を示さぬGHQの強固な拒絶だった……。